ERIN ANDREWS

Tinder Trubel

Erin Andrews wurde 1988 in Aachen geboren. Nach einem Studium der Germanistik und Romanistik an der RTWH Aachen University lebt sie heute mit ihrer Familie in Sherbrooke, Kanada. Erin liebt lange Spaziergänge und alles, was den Alltag versüßt; dazu gehören gute Bücher, aber natürlich auch Ahornsirup.

Anne, frisch getrennt, möchte von der Männerwelt nichts mehr wissen. Schließlich ist sie mit der Gründung ihres Start-ups, das Bio-Ahornsirup vertreibt, schon mehr als ausgelastet. Aber ihre beste Freundin und Geschäftspartnerin Julie lässt nicht locker, und so meldet sie sich doch noch bei Tinder an. Und dabei wollte sie niemals dort landen! Ein Match mit dem attraktiven Anwalt Hunter lässt sie dann alle Bedenken vergessen. Nie zuvor hat sie so locker und lustig mit einem Mann gechattet. Als sie Hunter dann in der Realität trifft, ist er so ganz anders als erwartet …

Eigentlich wollte Jonathan die Bitte seines Chefs direkt ausschlagen. In seinem Namen für ihn auf Tinder zu chatten, geht dann doch zu weit. Allerdings sind die Chats mit Hunters Match Anne so lustig, dass Jonathan gar nicht mehr aufhören kann, zu schreiben. Doch wie soll er Anne jemals in der Realität kennenlernen? Und dann arbeitet er auch noch ausgerechnet für den Konzern, der die Ernte von Annes Ahornsirup bedroht …

ERIN ANDREWS

Tinder Trubel

ROMAN

more
Immer mit Liebe

MIX
Papier | Fördert gute Waldnutzung
FSC® C083411

ISBN 978-3-98751-009-0

More ist eine Marke der Aufbau Verlage GmbH & Co. KG

1. Auflage 2023

Umschlaggestaltung Grit Bomhauer
graphische Adaption www.buerosued.de, München
unter Verwendung von Motiven von © FARBAI, Ferri_STD, SurfsUp/gettyimages
Satz LVD GmbH, Berlin
Druck und Binden CPI books GmbH, Leck, Germany
Printed in Germany

www.aufbau-verlage.de

Für Olpe, und für Richard,
auf dessen echtem »tinder trouble« diese Geschichte basiert

KAPITEL 1
Anne

Na, auch hier? ;)

Kurz checke ich die neue Tinder-Nachricht mit Blick auf mein Handy, die mir ein Typ namens »Terry Fied« geschickt hat, und frage mich, während ich so gut es geht mit der freien Hand weiterlenke, wann, wie und um Himmels willen wieso es zwischen uns zu einem Match kam. Wenn ich lange keinen Sex hatte, kommen mir auch die schrägsten Typen irgendwie »süß« vor, und ich wische ohne lange zu überlegen nach rechts, vor allem bei Nacht, vor allem nach Rotwein. Terri Fied ist das Ergebnis.

Auch ich bin jetzt leider *terry-fied*, und gerade als ich zu meiner Antwort ansetzen will – ich denke da vor allem an »Match aufheben« – muss ich feststellen, dass ich in Port Sydney wie automatisch nach rechts auf die Deer Lake Road abbiege. Erschrocken klatsche ich mir in Ermangelung einer freien Hand mit dem Handy gegen die Stirn, während ich versuche, die Straße vor mir im Blick zu behalten. »Lieblingsorte unbedingt meiden«, hat Julie mir geraten. Und was mache ich? Genau das Gegenteil.

Aber ich bremse nicht. Mache nicht kehrt. Ich fahre weiter. Der Schotter knirscht unter den Reifen, das kühle Blau des Devine Lake kommt in Sicht. Der See ist zu schön, als dass ich auf ihn verzichten könnte. Davon abgesehen: Wenn Julie alle Orte meiden würde, an denen sie mit ihren Ex-Freunden gewesen ist, wäre vermutlich ganz Ontario eine Tabuzone für sie. (Merke: Die beste Freundin nicht immer beim Wort nehmen.)

An diesem Morgen nieselt es ein bisschen, aber nicht so sehr, dass ich die Fensterwischer anstellen muss. Über dem See hängt der hellgraue Himmel, um ihn herum stehen die Fichten, Thuja- und Ahornbäume still da und ertragen das seichte Geprassel von oben.

Der Sommer ist vorbei – was mich jedes Jahr ein bisschen melancholisch stimmt. Ich liebe den Sommer, die Sonne, das Licht. Im See zu baden. Die Leichtigkeit, die bei allem mitschwingt. Der nächste Rotwein auf irgendeiner Terrasse über den Dächern Torontos, der nächste Kajak-Ausflug scheinen immer nur fünf Minuten entfernt. Und – wenn man nicht gerade vergeben ist (oder vielleicht selbst dann) – auch der nächste Flirt. Zu dumm, dass Cooper und ich uns gerade am Ende dieses langen Sommers getrennt haben. Bei den sinkenden Temperaturen bekomme ich nämlich gar keine Lust, mich in Schale zu schmeißen und feiern zu gehen. Mich vom Trennungsschmerz abzulenken, wie Julie es mir geraten hat. Im Gegenteil. Am liebsten würde ich mich eingraben. Genau hier. Dann kann meinetwegen ein Baum aus mir erwachsen. Ein glücklicher Single wird jedenfalls so schnell nicht mehr aus mir. Drei Jahre Beziehung gehen nicht spurlos an einem vorbei.

Aber die Zeit bleibt nicht stehen und nimmt auch keine Rücksicht auf meinen kleinen Seelenschmerz. Bald wird hier alles blutrot und leuchtend orange erstrahlen. Der Herbst wird kommen. Die Vorfreude auf ihn muntert mich wieder ein wenig auf.

Ich parke das Auto, steige – die Thermotasse mit dem warmen Kaffee in der Hand – aus und schlendere auf den See zu. Ignoriere das Holzschild, das den Weg zum Resort- und Spa-Hotel ausweist, für das ich noch einen Gutschein zuhause rumfliegen habe. Den hat mir Cooper geschenkt. Zum Valentinstag. (Merke: Dumme Erfindung, dieser Valentinstag!) Könnte ich die Zeit zurückdrehen, dann würde ich das tun, und zwar um genau fünf Wochen und zwei Tage, zu dem Tag, als Cooper und ich zum letzten Mal in diesen See gesprungen sind. Das haben wir in den warmen Monaten immer gemacht – auf dem Weg zur Sugarbush-Farm kurz abbiegen, noch im Auto entkleiden und dann blitzeschnell auf den See zurennen und einmal kurz ins Wasser hüpfen. Während ich hier stehe und auf den See starre, sehe ich uns förmlich vor mir, spüre, wie die lauwarmen Wellen meinen Körper umarmen, höre unser Lachen. Na ja. »Zu dumm«, wie Julie manchmal mit einem schadenfrohen Grinsen und zuckenden Schultern zu sagen pflegt, wenn die Dinge nicht so laufen, wie geplant.

Ja, zu dumm. Zu dumm, dass Cooper nach drei Jahren Beziehung für seinen Traumjob nach Vancouver gezogen ist, ohne das vorab mit mir zu besprechen. Und dann auf meine eher kokett gemeinte Frage: »Heißt das, dass wir uns trennen?«, tatsächlich mit »Ja« geantwortet hat. Und dass es bei diesem »Ja« auch bis heute geblieben ist. Wie oft habe ich mich gefragt, ob wir ohne meine dumme Frage wohl noch zusammen wären. Es war eindeutig die falsche Frage, im falschen Moment. Aber wahrscheinlich war da noch mehr. Irgendetwas, das im Innersten unserer Beziehung verdorben war und mir anscheinend entgangen ist. Eine schleichende seelische Inkompatibilität – wie ein Softwareprogramm, das jahrelang gut läuft und sich dann plötzlich nicht mehr öffnen lässt. Für Updates und Virenprogramme ist es dann schon zu spät. Und heulend auf die Tastatur einzuhämmern, bringt auch nichts mehr. (@Cooper: Sorry, dass ich gerade diesen herzlosen Vergleich zur Technik ziehe.)

Mein Handy vibriert.

Ich mag schüchterne Frauen. Dein Schweigen macht mich an, Babe.

Ich lese die Nachricht schmunzelnd. »Terry Fied« ist der Einzige an diesem Vormittag, der Zeit für die Liebe zu haben scheint. Ich trinke ein paar Schlucke Kaffee, klicke schließlich auf »Match aufheben« und schaue auf die Uhr: fast zehn. Julie und die Truppe von der Ahornsirup-Farm – Maxime, Bonnie und ihre unfassbar süße Hündin Anouk – sind zwar ziemlich entspannt, aber pünktlich möchte ich trotzdem kommen. Wer weiß, vielleicht sitzen sie noch am Frühstückstisch und essen die letzten Stücke von Maximes himmlischem Pecan Cake. Maxime war früher Patissier in einem Sterne-Restaurant in Montréal. Ein toller Mann. Vor allem einer, der seiner Frau hinterherzieht anstatt meilenweit von ihr weg. Wenn ich schon kein Stück von der großen Liebe abbekomme, dann wenigstens eins vom Pecan Cake.

Also flitsche ich noch schnell einen Stein, beobachte die Wellen, die er hüpfend auf der Wasseroberfläche hinterlässt, und werfe einen letzten sehnsuchtsvollen Blick auf den See, bevor ich mich wieder ins Auto setze. Wenige Minuten später biege ich rechts von der Muskoka District Road auf den Schotterweg zur Farm ab. Das Auto fährt rumpelnd den Waldweg zur Anhöhe hinauf, und gleich darauf wird die hölzerne Farm mit ihrem rauchenden Schornstein sichtbar. Wäre jetzt Winter oder Frühling, könnte man in der Ferne die weißen Plastikeimer an den angezapften Ahornbäumen erkennen, und die davon abgehenden Schläuche, durch die der Ahornsirup ins Sugar-House abgeführt wird. Jetzt aber ruht die Produktion, der Ahornsirup fließt noch nicht durch die Bäume und kann deshalb auch nicht geerntet werden – erst die größeren Temperaturunterschiede, Kälte bei Nacht und Sonnenschein bei Tag, führen zu einem erhöhten Druck im Baum, der den Ahornsaft fließen lässt.

Das dunkelrote hölzerne Willkommensschild »Sugarbush Hill – Maple Farm«, begrüßt mich mit dem wohlbekannten Motto »Brighten your day!« Spätestens an dieser Stelle öffne ich das Fenster immer eine Handbreit, um die frische Luft mit dem Geruch brennenden Kaminholzes und ausgetretenen Harzes einzuatmen.

Julie ist schon da. Ihr grüner Landrover parkt vor dem Haus. Kaum habe ich mich neben ihr eingereiht und steige aus dem Auto, flitzt mir Anouk entgegen und springt an meinem Bein auf und ab wie ein großer Plüsch-Tennisball. Egal wie es um meine Stimmung steht – immer wenn mich Anouk so begrüßt, muss ich auflachen. Auf ihren kleinen Pfoten entfernt sich die weißgelockte Bichon-Frisé-Dame rasend von mir, springt über die Stufen auf die Veranda, erstarrt dort abrupt, schaut mich erwartungsvoll an und bellt aufgeregt, nur um kurz darauf wieder kehrtzumachen und erneut auf mich zuzufegen.

»Anne!« Bonnie tritt in dicken Stiefeln aus der Tür auf die Veranda. »Wie war die Fahrt?«

»Angenehm. Um die Uhrzeit ist unter der Woche ja meistens nichts los. Ich hatte quasi den ganzen Highway für mich allein.«

Wir umarmen uns, und ich folge ihr mit Anouk auf den Fersen ins warme Innere des Hauses.

»Hey du.« Julie lächelt mich an, rutscht ein Stück zur Seite und klopft einladend mit der linken Hand neben sich auf die Holzbank.

Ich gebe Maxime, der am Herd steht und einen frischen Kaffee aufsetzt, von hinten eine herzliche Umarmung.

»Coucou, meine Liebe«, sagt er und drückt mir ein Küsschen auf die Wange, bevor er ein bisschen gemahlenen Zimt in den Trichtereinsatz der Espressokanne drückt.

Ich lasse mich neben Julie auf die Bank plumpsen und umarme meine Freundin innig.

Auf dem Küchentisch steht, wie vorausgesehen, noch das Frühstück Pecan Cake inklusive …

»Madeleines?«, frage ich und versuche erst gar nicht zu verbergen, wie hoch mein Interesse an den muschelförmigen Gebäckstücken ist, die vor mir auf einem Serviertablett liegen und einmal pyramidenförmig gestapelt gewesen sein müssen.

»Nimm dir«, sagt Bonnie, die es sich gegenüber von mir mit Anouk auf dem Schoß gemütlich gemacht hat.

»Hmmm, danke.« Ein frisches Vanille- und Zitronenaroma steigt mir in die Nase, als ich hineinbeiße.

»Und?«, frage ich mampfend und mit Blick auf Julies aufgeklappten Notizblock. »Was gibt's Neues?«

Maxime entfährt ein langer Seufzer. Er drückt mir eine Tasse mit dampfendem Kaffee in die Hand.

»C'est la crise totale!«, sagt er in einem theatralischen Tonfall und setzt sich an den Tisch. »Stimmt's, Anouk?«

Anouk legt den Kopf schief und scheint genauso wenig zu verstehen wie ich.

»Die totale Krise? Wieso das denn?«, frage ich. »Habt ihr Schwierigkeiten, euch auf ein Logo zu einigen?«

Julie schüttelt den Kopf. »Wir machen uns Sorgen um die nächste Ernte. Wenn der Regen so sauer bleibt, heißt das nichts Gutes für den Wald.«

»Der Regen ist sauer?«

»Wegen der Zementfabrik«, schaltet sich Bonnie ein. »Seit sie wieder in Betrieb ist, beobachten Maxime und ich den Wald ganz genau. In der Nähe der Fabrik sterben die Bäume schon ab, die Blätter verlieren ihre Wachsschicht. Guck mal, die sind total befallen.« Sie liest ein paar lose Laubblätter vom Tisch auf und hält sie mir hin. Die Blätter sehen angegriffen aus – überall kleine, braune, löchrige Pünktchen.

»Sind daran nicht eher die Insekten schuld?«, frage ich, weiß aber eigentlich ganz genau, dass die Ursache nicht nur ein paar läppische Schädlinge sind.

Die Eröffnung unseres Ahornsirup-Stands in einem Torontoer Café steht kurz bevor, und nichts wäre schlimmer, als gleich im ersten Jahr eine Missernte zu haben. Nach einem Berg bürokratischen Papierkrams, den wir erfolgreich erklommen hatten, dachte ich eigentlich, dass die nächste Hürde das Marketing sei. Keine tonnenschwere Zementfabrik in Laufweite der Farm, die nach über zehn Jahren Stillstand wieder in Betrieb genommen wird und giftigen Rauch in die Atmosphäre pustet. Kein multimiliardenschweres Unternehmen, das im Falle eines Rechtsstreits am längeren Hebel sitzen würde. Ein tiefer Seufzer entfährt mir. Der Laden hat noch nicht einmal aufgemacht, und schon haben wir einen Klotz Probleme am Bein. Ich kann es einfach nicht glauben. Ich will nicht. Und deshalb sollen bitte die Insekten schuld sein.

»Das sind nicht nur ein paar Insekten, Anne«, sagt Bonnie und ich merke ihrer Stimme die Dringlichkeit an. »Wir sehen tagtäglich, wie hier alles eingeht. Auch unten am Fluss. Du hast es doch selbst gesehen – so viele tote Fische hatten wir noch nie.«

»Aber du hast doch selbst gesagt, dass wir einen viel zu heißen Sommer hatten. Die Fische hatten einfach nicht genügend Sauerstoff. Und woher wollt ihr wissen, dass die Bäume nicht wieder von diesen Raupen oder Birnenblasenfüßen befallen sind?«

»Anne, von Raupen und Birnenblasenfüßen befallene Blätter sehen vollkommen anders aus. Die Löcher sind größer, oder die Blätter sind stellenweise erst mal gelb verfärbt. Ich habe Fotos von Blättern gegoogelt, die von saurem Regen befallen wurden. Und die sind identisch mit dem, was du hier in meiner Hand siehst.« Bonnie holt zum Vergleich ihr Handy hervor und flippt mit dem Daumen durch die gespeicherten Bilder. Was ich sehe, bestätigt leider das, was sie sagt.

»Was sagt die Behörde? Hat sie schon auf unseren Brief reagiert? Die ganze Nachbarschaft wehrt sich gegen diese Fabrik, die müssen doch langsam mal reagieren.«

»Bis jetzt leider noch nicht«, sagt Julie.

»Und wie sieht es mit den Bäumen auf der Farm aus?«, frage ich. »Geht es denen wenigstens noch gut?«

»Also, unseren Bäumen geht es ganz wunderbar«, sagt Maxime.

»Wunderbar würde ich jetzt nicht sagen, aber okay«, sagt Bonnie, die stets etwas pessimistischer – vielleicht auch realistischer – denkt als Maxime. Verständlicherweise. Denn sie ist es, die den Kredit für die Farm aufgenommen hat und sich hauptsächlich für das Grundstück und das Geschäft verantwortlich fühlt. Sie ist es, die frühmorgens die streunenden Katzen der Nachbarschaft füttert, Anouk Freilauf verschafft und die Messgeräte in der Lagerhalle prüft. Die tagsüber das Holz hackt. Den Ahornsirup und Maximes Kuchen und Torten ausfährt. Abends die E-Mails beantwortet. Die Führungen organisiert. Während Maxime sich ganz auf seine Backkunst konzentriert – unter der Woche probiert er neue Rezepte aus, bäckt für die Cafés und Restaurants der Gegend und kümmert sich um den Haushalt, von Freitag bis Sonntag gibt er dann in der Stadt Patisserie-Workshops. Nebenbei arbeitet er an einem neuen Rezeptbuch, »Backen mit Ahornsirup«, das er uns zur Ladeneröffnung fürs Marketing schenken will. Bonnie und Maxime sind das perfekte Dream-Team, denn beide lieben, was sie tun. Sie ergänzen sich. Selbst wenn man sich von außen vielleicht manchmal fragen mag, was eine so starke burschikose Frau wie Bonnie an einem so großen, schlaksigen

Mann wie Maxime findet, oder auch umgekehrt. Maxime taugt für erotische Phantasien um muskelbepackte Holzhacker jedenfalls wenig, und Bonnie würde nicht einmal aus einer Torte springen oder sich in eine Schürze schwingen, wenn man ihr eine Stange Gold dafür zahlte.

»Der Sommer war einfach viel zu heiß«, erklärt Bonnie. »Den Bäumen geht es gut, wenn man so will, aber die extreme Hitze hat ziemlich sicher dazu geführt, dass weniger Süße im Saft ist. Bei zu wenig Wasser nimmt die Produktion von Stärke in der Wurzel ab, was im Saft zu weniger Zucker führt.«

»Ja, *chérie*, aber der Sommer ist jetzt vorbei, und die paar heißen Tage werden unseren Sirup nicht verdorben haben«, sagt Maxime beschwichtigend.

Bonnie nickt. »Du hast recht. Aber wir sind vom Thema abgekommen. Das eigentliche Problem ist die Fabrik, und die zieht nicht so schnell ab wie eine Hitzewelle.« Sie legt gerne den Finger in die Wunde.

»Hat der Beauftragte von der Bio-Zertifizierungsstelle nicht gesagt, dass wir eine Pufferzone einrichten können?«, sage ich. »Falls die Fabrik wirklich zum Problem wird und euer Grundstück gefährdet, könnte man immer noch darauf ausweichen.«

»Die Pufferzone wird uns meiner Meinung nach bei saurem Regen nichts bringen. Je länger diese Fabrik aktiv ist, desto größer der Schaden, den sie verursacht. Und hierbei geht es um alle Bäume, nicht nur die Ahornbäume. Denkt daran, dass unser Biosiegel auch davon abhängt, dass wir mindestens fünfzehn Prozent anderer Baumspezies vor Ort haben. Und selbst wenn die Ahornbäume momentan noch keinen Schaden aufweisen – manche Bäume reagieren erst nach einer gewissen Zeit, und dann ist es vielleicht schon zu spät.«

»Musst du denn immer gleich den Teufel an die Wand malen?« Maxime schaut seine Frau halb amüsiert, halb vorwurfsvoll an und fügt mit Blick auf die Wanduhr hinzu: »Ich schlage vor, wir gehen eine Runde spazieren. Ein bisschen Luft schnappen, Energie tanken. Und dann setzen wir uns wieder zusammen und sprechen über das Logo. Krise hin oder her, wir müssen weitermachen. Stimmt's oder habe ich recht, Anouk?« Anouk legt den Kopf schief.

»Gute Idee.« Julie seufzt. »Eine Pause wird uns guttun. Die Fabrik werden wir heute sowieso nicht mehr los.«

»Komm, meine Kleine, wir gehen spazieren«, sagt Maxime an Anouk gewandt, die uns auf dem Fuße folgt, als wir kurze Zeit später auf einem kleinen Waldweg über das Grundstück der Sugarbush-Farm spazieren.

Maxime und Bonnie laufen, offenbar in ein Gespräch vertieft, vorneweg, während sich Julie zu mir gesellt. Unter unseren Schuhen knistern Steine und Stöcke.

»Ach Mann. Gar nicht so einfach, das alles, wie?« Sie liest ein Stöckchen vom Boden auf und wirft ihn Anouk zu, die ihn zwischen ihre Beißer nimmt und über Moos und Laub in den Wald trägt.

»Was ist schon einfach«, sage ich mit einem Schulterzucken. »Ich habe den Eindruck, selbst Tinder ist eine Wissenschaft für sich.« Ich denke an »Terri Fied« und lache bei dem Gedanken an ihn auf.

»Du hast dich angemeldet?«

»Yep, habe ich. Bist du jetzt zufrieden?«

»Ja.« Julie grinst. »Du wirst schon sehen. Irgendwann ist Cooper vergessen. Und das hast du dann mir zu verdanken.«

»Was ist mit den Freaks, die ich mir gerade vom Leib halte – habe ich die auch dir zu verdanken?«

Julie lacht laut auf. »Erzähl!«

Ich berichte ihr von Terri Fied, aber auch von anderen Typen, die mich mit ihren Intros abgeschreckt haben (»Ficken? Jetzt?!«/»Wo wohnst du? Willst du ficken?« usw.)

»Wo ist der Charme geblieben? Ich will ja keine neue Beziehung, aber ein bisschen Charme macht die ganze Sache einfach schöner.«

»Kann es sein, dass du einfach bei den falschen Typen nach rechts wischst? Ich habe eigentlich nur nette Begegnungen auf Tinder gehabt bisher.« Julie macht ihre Romanzen nicht publik. Selten sehe ich sie mit einem Typen, dabei hat sie viele, parallel. Meine Freundin ist unbändig und erkundungsfreudig, dabei trägt sie ihre Wildheit aber nicht nach außen. Sie ist diskret, und rein äußerlich sieht sie aus wie die Unschuld vom Lande – süße, kinnlange Afrolocken und große braune Bambi-Augen. Außerdem riecht sie meistens nach irgendeiner Orangen- oder Lavendel-Handcreme oder Baby-Öl. »Es kommt wirklich nur auf deinen Fokus an. Du darfst dich von dem vielen Fleisch da draußen nicht von deinem Weg abbringen lassen.«

»Fleisch?«

Julie und ich kichern.

»Du klingst irgendwie wie ein Guru«, stelle ich fest. »Von meinem Weg abbringen … Ich habe keinen Weg. Ich will einfach nur guten Sex.«

»Einfach nur guten Sex? Dann hör auf eine, die guten Sex hat.«

»Aha. Ist da gerade jemand Besonderes in der Pipeline?«

»Immer. Aber lenk nicht ab. Hast du da wirklich nur Loser am Start? Kann ich mal sehen?«

Ich reiche Julie mein Handy. Für ein, zwei Minuten ist es still. Julie scrollt durch meine Männer-Liste, liest die Profile, die wenigen Chat-Nachrichten, die es da gibt, und begutachtet die Fotos.

»Wieso wartest du immer, bis dich der Typ anschreibt?« Julie schaut von meinem Handy auf. In ihrer Stimme schwingt Enttäuschung mit.

»Sag bloß, du bist enttäuscht von mir?«

»Doch, schon. Ein bisschen. Jetzt ernsthaft. Warum? Ist doch total altmodisch. Mach doch mal selbst 'ne Ansage. Hier, dieser Hunter, der ist doch 'ne ganz heiße Schnecke! Ich schreib dem jetzt.« Julie beginnt zu tippen.

»'ne heiße Schnecke? Julie … jetzt warte doch mal.« Ich versuche, ihr das Handy zu entreißen, aber Julie springt lachend von mir weg.

»Okay. Meinetwegen. Mach, was du willst. Aber schreib nichts Peinliches!«

»Keine Sorge«, sagt Julie. Ihr neckisches Lachen verheißt allerdings nichts Gutes …

»Kann ich jetzt mein Handy wiederhaben?«

Julie und ich stehen uns auf der Parkfläche der Farm gegenüber, um uns zu verabschieden. Nach unserem Spaziergang haben wir uns mit Maxime und Bonnie zusammengesetzt und das Logo für unseren Sirup besprochen – es soll ein hellgrünes Ahornblatt werden, als Symbol für den hundertprozentigen und biozertifizierten Ahornsirup, mit einer weißen »Sugarbush Hill«-Inschrift innerhalb des Blattes. Jetzt müssen wir nur noch einen Grafikdesigner finden, der uns das professionell umsetzt.

Mit einem leichten Grinsen gibt mir Julie mein Handy zurück. »Hier.«

»Willst du sofort nach Hause fahren, oder wollen wir noch kurz irgendwo einen Happen essen?« Manchmal machen Julie und ich auf dem Weg zurück nach Toronto Rast in Washago, trinken einen Kaffee oder essen ein veganes Sandwich im Hooper's. Danach trennen sich unsere Wege – sie nimmt die Country Road 169 nach Georgina, ich fahre weiter über den Highway 11 Richtung Downtown.

»Würde ich super gerne, aber ich habe dummerweise gleich im Anschluss hieran einen Termin.« Julie verzieht ihr Gesicht. Sie arbeitet momentan noch in einer Forst- und Landwirtschaftsberatungsfirma. Bis unser Laden eröffnet und angelaufen ist, wird sie diesen Job auch erst mal behalten. Bonnie und Maxime gehörten zu ihren ersten Kunden. Und ich war eine der ersten Käuferinnen von Bonnies und Maximes Sirup. Julie und ich sind uns zum ersten Mal bei einem Event während des Maple-Weekends in Ontario über den Weg gelaufen – ich war wegen meines lang gehegten Traums, einen eigenen Ahornsirup-Laden zu eröffnen, dorthin gefahren, und wollte ein paar Farmprodukte vergleichen; und Julie hat sich bei neuen Farmbesitzern bekannt gemacht in der Hoffnung, neue Kunden zu akquirieren. Das war vor drei Jahren. Seitdem habe ich Julie längst mit meinem Traum angesteckt. An Tagen wie heute frage ich mich allerdings, ob das so eine gute Idee war. Ich hoffe, sie wird es nicht bereuen.

»Wohin musst du denn?«, frage ich.

»Uxbridge.«

»Vielleicht können wir uns Sonntag zum Brunch treffen? Bis dahin habe ich bestimmt schon ein paar Designer gesichtet.«

»Ja, lass uns das machen. Bis dahin hast du vor allem auch etwas von der Liebes-Front zu berichten – wahrscheinlich.« Julie zwinkert mir zu und umarmt mich zum Abschied.

Zurück auf der Autobahn schiele ich immer wieder auf meine Handytasche neben mir auf dem Beifahrersitz. Als ich auf der Zufahrt zur Innenstadt im Stau stecke, lange ich schließlich danach und überprüfe meine Nachrichten.

Klar, gerne, lese ich. Montagabend um 20 Uhr im Michael's on Simcoe?

Hupen. Hupen, Hupen und noch mehr Hupen.

Gesendet von Hunter. Hunter, Hunter. Wer war noch mal Hunter?

Ich schaue vom Handy auf und in den Rückspiegel. Der Fahrer hinter mir schert aus … Vor mir ist alles frei.

Oh, Mist. Ich trete aufs Gaspedal und fahre, bis die nächste rote Ampel mich zum Anhalten zwingt. Dort scrolle ich bis an den Anfang »meines« Chats mit Hunter, um zu verstehen, wie ich in so kurzer Zeit in den Genuss eines Blind Date kommen konnte:

Hot.

Hi Anne. Schön, dass du schreibst. Kann ich nur zurückgeben!

Deine Krawatte …

?

… was würde passieren, wenn man dich an der ziehen würde?

»Man« oder du?

Ich.

Sorry, war kurz weg. Um deine Frage zu beantworten: Ich nehme an, du würdest das Risiko eingehen, mich zu strangulieren. Es hängt wahrscheinlich davon ab, wie fest du ziehst.

Hmm.

Bitte entschuldige die langen Pausen (mein Assistent ist unfähig, muss ihm ständig alles von vorne erklären) Fest oder nicht so fest?;)

Wie hast du's denn gerne?

O Gott, um Himmels willen, Julie!

KAPITEL 2

Jonathan

In meinem ledernen Schreibtischsessel rolle ich zur verglasten Wand meines Büros im Hochhauskomplex an der 100 King Street West. Mit dem Rücken zur Tür tippe ich »meine« Antwort in den Chat:

Bitte entschuldige die langen Pausen (mein Assistent ist unfähig, muss ihm ständig alles von vorne erklären) Fest oder nicht so fest?;)

Wie es wohl wäre, wirklich einen Assistenten zu haben? Bei der Vorstellung wird mir einfach nur warm ums Herz. Fast kommen mir die Tränen vor Glück. Fast vergesse ich, dass mir mein Chef mal wieder einen Stapel undefinierbarer Vertragskorrekturen vom Mandantentreffen zurückgebracht und auf den Schreibtisch gepfeffert hat. Und dass ich der Assistent bin. Na ja, genaugenommen bin ich Anwalt, Junior-Anwalt. Derjenige, der meinem Chef nicht nur ständig »asap« etwas zuarbeitet, sondern darüber hinaus auch noch seine Tinder-Chats in die Hand nimmt. Weil der Penner keine Zeit zum Chatten hat. Weil der Penner Partner ist und über eine halbe Millionen im Jahr verdient. In den sieben Monaten, in denen ich schon hier bin, habe ich wahrscheinlich mehr Frauenprofile für ihn gesichtet als Gesetzesunterlagen. Und ich dachte, die Berufsbezeichnung »Anwalt« sei geschützt.

Ich lache amüsiert auf, als ich Annes neue Nachricht lese:

Wie hast du's denn gerne?

Du beflügelst meine Phantasie, schreibe ich und grinse.

Ach ja?

Ja.

Während Anne zu einer Nachricht ansetzt, klicke ich mich zum wiederholten Mal durch ihre Profilfotos: Das Ganzkörperfoto, auf dem sie in schmutzigen Gummistiefeln und engen Jeans vor einem See steht, gefällt mir besonders. Da lächelt sie süß, ihre kinnlangen haselnussbraunen Haare sind etwas zerzaust, und außerdem sieht man den Abdruck ihres BHs durch ihr weißes T-Shirt ziemlich deutlich.

Lange Rede, kurzer Sinn: Lust auf ein Treffen?

Klar, gerne, schreibe ich, während ich mich über ihre plötzlich so forsche Art wundere – wer hätte gedacht, dass die anfangs so zurückhaltende Anne doch noch reagieren würde? Montagabend um 20 Uhr im Michael's on Simcoe?

Bingo. Kaum habe ich die Nachricht abgeschickt, wechsele ich in den Chat mit Cassy.

Cassy, Cassy ...

Na, du?

Das war mal wieder eine Nacht!

Hättest ruhig noch mit zu mir kommen können;)

Oh. Wusste gar nicht, dass der Chef nicht noch mit zu ihr gegangen ist. Das heißt jetzt wahrscheinlich für mich, dass ich mich auf schlechte Stimmung einstellen muss – wenn der Chef (guten) Sex hat, ist er wesentlich besser drauf, oder zumindest halbwegs gut. Bei einem Choleriker wie ihm macht das einen essenziellen Unterschied, ob er gut gelaunt ist oder nicht.

Nächstes Mal, Sweetheart.

Wie sieht's denn bei dir am Wochenende aus?

Ein kurzer Blick in den Kalender meines Chefs verrät mir, dass er das morgige Mandantentreffen in New York mit einem dortigen Wochenendaufenthalt verbunden hat. Das erkenne ich daran, dass das gesamte Wochenende geblockt, der Termin aber als »privat« gekennzeichnet und daher für mich nicht einsehbar ist. Das kann nur eines heißen: Ein Wochenende mit seinem Sohn. Mein Chef ist geschieden, und ab und zu jettet er nach New York, um seinen kleinen Sohn zu sehen (ein pummeliger, smartphoneabhängiger Siebenjähriger, der alle acht Wochen freitags mit uns beim Japaner luncht).

Da bin ich bei meinem Sohn. Frauen über fünfunddreißig mögen Männer, die Verantwortung jenseits des Berufs übernehmen. Laut Profil ist Cassy einundvierzig. Kinder ... du verstehst. Aber wie wäre es mit – ich klicke im Kalender auf »Montag« und sehe, dass der Lunch-Slot noch frei ist – Montag, Lunch?

Du hast einen Sohn? Das wusste ich ja gar nicht.

Einen Sohn aus erster Ehe. Aber geschieden.

Aha.

Es gibt so vieles, was du noch nicht über mich weißt, Cassy ...

Ach ja? :) :) :)

Ich bin ein Mann mit vielen Facetten.

Und vor allem gutem Geschmack. Das Abendessen gestern war wirklich vorzüglich. Danke noch mal für die Einladung. Lunch am Montag passt mir gut. Im Spring Sushi, 13 Uhr?

13 Uhr im Matisse.

Matisse? Ja, das geht auch.

Geht auf mich.

Manchmal macht es Spaß, das dominante Alphamännchen-Gehabe, das mein Chef ständig an den Tag legt, zu mimen. Im Bett mit ihm könnte die Frau sonst schlecht überrascht werden, könnte ich mir vorstellen – beziehungsweise will ich mir eigentlich lieber nicht vorstellen. Mein Chef isst außerdem immer und ausschließlich im Matisse zu Mittag. Er ist dort Stammkunde und wird behandelt wie ein König. Wahrscheinlich genießt er den Ruf eines Womanizers: Bei den vielen Frauen, mit denen er da (dank mir) aufkreuzt, kommen die Kellner sicherlich nicht mehr mit. Nur freitags geht er zum Japaner. Er ist ein Mann, der die Routine liebt. Und vor allem teures Essen. Je teurer, habe ich die Erfahrung gemacht, desto besser. Bei zu niedrigen Preisen wird er misstrauisch und bildet sich ein, das Essen sei nicht gut genug.

Wenige Minuten, nachdem ich den Lunch-Termin mit Cassy in den Kalender geschrieben habe, höre ich die dröhnende Stimme meines Chefs hinter mir.

»Watson.«

Ich drehe mich um und sehe Hunter im Türrahmen stehen. Die eine Hand liegt locker in seiner maßgeschneiderten Anzughose, in der anderen wendet er einen Golfball.

Ich versuche mir möglichst nicht anmerken zu lassen, dass ich mich immer noch nicht mit Hunters Angewohnheit, seine Untergebenen beim Nachnamen anzusprechen, angefreundet habe. »Wie liefen die Gespräche?«, frage ich.

Als hätte er meine Frage nicht gehört, stellt er mir prompt eine Gegenfrage:

»Mit dem Zugriff auf meinen Kalender kommen Sie zurecht?«

»Ja, doch, klar«, sage ich und frage mich, worauf er hinauswill. »Wieso?«

»Ich sehe keinen Termin für Montag.«

»Doch, eigentlich ... eigentlich müsste da ein Lunch mit dieser Cassy stehen. Den habe ich doch gerade eben ...« Ich vergrößere Hunters Kalender auf meinem Computerbildschirm und will auf »Montag« klicken, als er mir dazwischenfährt:

»Den habe ich soeben gelöscht. Wissen Sie, ich mag keine Frauen mit ...« Sein Gesicht verzieht sich leicht, und mit dem Zeigefinger seiner freien Hand gestikuliert er an seiner Wange herum. »Leberflecken. Merken Sie sich das.«

»Alles klar. Ist notiert.« Ich mache mir tatsächlich eine Notiz in meiner extra dafür angelegten Excel-Liste. Bei all den Dos and Don'ts meines Chefs verliere ich sonst den Überblick. »L-e-b-e-r-f-l-e-c-k-e-n.« Dann rolle ich zurück an meinen Schreibtisch und lösche den Termin mit Cassy. Cassys Glück, denke ich im Stillen und sage laut: »Gelöscht.«

»Prima. Finden Sie einen Ersatz, und zwar asap. Sonst sind Sie es am Ende noch, der mir Montagmittag Gesellschaft leisten muss, und das will wahrscheinlich keiner von uns beiden.« Er lacht auf. »Sagen Sie mal, sind Sie mit den Korrekturen schon durch?«

Wäre ich längst, wenn ich nicht an Ihrer statt tindern müsste, denke ich. »Ja, fast.«

»Watson! Was heißt denn hier ›fast‹? Der Telefontermin ist Montag um neun Uhr dreißig«, sagt er mit Blick auf seine Rolex.

»Ich beeile mich.«

»Enttäuschen Sie mich nicht.« Hunter lässt den Golfball in seine Hosentasche gleiten und zögert noch, bevor er das Büro verlässt. »Ach, noch eins, Watson.«

»Ja?«

»Der Mandant hat für das nächste Treffen um mehr Pünktlichkeit gebeten.«

»Pünktlichkeit?«

»Der Flug war verspätet. Und als ich ankam, blieben nur noch zwei Stunden für das Meeting. Jetzt muss ich morgen wieder hinfliegen.«

»Ich hatte ihre E-Mail sofort an Sally weitergeleitet. Sally sagte, es gab keinen anderen Flug, auf den sie Sie hätte umbuchen können. Das war der letztmögliche Flieger nach Boston, sorry.«

»Jetzt hören Sie mir mal zu: Erstens war das nicht der letztmögliche Flieger. Zweitens interessiert es mich nicht, was Sally meint. Wenn ich eine E-Mail an Sie schicke, erwarte ich, dass Sie es sind, der sich darum kümmert. Haben Sie mich verstanden?«

Was soll man auf so etwas antworten? Die Wahrheit ist: Ich habe die Reisegesellschaft angerufen, die mich wiederum an den Reiseservice verwiesen, der mich wiederum in der Warteschleife hat ausharren lassen. Und dann habe ich an Sally übergeben. Sally ist schließlich die Rechtsanwaltsgehilfin, ich der Anwalt. Hunter scheint das immer noch nicht durchleuchtet zu haben.

»Watson, ich rede mit Ihnen!«

Und wieso nennt mich der Kerl immer beim Nachnamen? Ich komme mir vor wie in einer Haftanstalt.

»Ist notiert«, sage ich.

»Was?«

»Ist notiert«, wiederhole ich, diesmal etwas lauter.

»Nicht notieren, Watson. Verstehen!«

»Verstanden, Hunter.« Ich werfe einen Blick auf die Uhr auf meinem Computer: Nur noch einundzwanzig Minuten bis zur Lunchbreak. Und mal wieder Zeit, Hunter den Riegel vorzuschieben. »Lassen Sie mich jetzt weiterarbeiten, oder muss ich Sie aus meinem Büro schmeißen? Die Verträge korrigieren sich schließlich nicht von selbst.«

Für einen Moment scheint Hunter zu überlegen, ob er ausflippen oder einlenken soll – bei Typen wie ihm ist das meiner Erfahrung nach keine Frage der Nettigkeit, sondern entscheidet sich schlicht danach, wie sie am effektivsten an ihr Ziel zu kommen gedenken.

»Na, gut«, sagt er schließlich. »Dann machen Sie mal Ihre Arbeit. Und wenn Sie mich bei der nächsten Flugverspätung nicht hängen lassen, nehme ich Sie das nächste Mal auch mit nach Boston. Und falls Sie sich jetzt fragen, was das eine mit dem anderen zu tun hat: Fragen Sie sich mal, Watson, wie Sie milliardenschwere Konzerne verklagen wollen, wenn Sie es nicht mal durch die Warteschleife einer Reisegesellschaft schaffen.«

»Doppio?«

»Ja. Und die Rechnung, bitte.«

Ich sitze beim Italiener gleich um die Ecke vom Büro und hätte große Lust, mich auf eine Bank zu legen und einzuschlafen. Gestern war ich bis zwei Uhr morgens im Büro, heute Morgen um neun wieder am Schreibtisch.

Das Date mit Cassy habe ich abgesagt, daraufhin hat sie das Match aufgehoben. Ich habe schon weitaus schlimmere Reaktionen auf Hunters plötzliche Absagen erlebt und empfinde Cassy gegenüber deshalb eine seltsame Dankbarkeit. Ersatz für Hunters Lunch-Date am Montag habe ich keinen gefunden, eine ausgewiesene Fitnesstrainerin im Radius von weniger als einer Meile hat sich leider erst für nächste Woche bereit erklärt, aber immerhin ging das schnell. Wer würde sich schon nicht gerne ins Matisse einladen lassen? Ich glaube, selbst ich würde mich für ein paar kostenlose Austern und ein gratis Schlückchen Beaujolais zu einem Date mit meinem Chef kompromittieren. Hehe.

Hey, warte mal.

Anne ist wieder online. Jetzt erst sehe ich, dass sie »unser« Date noch gar nicht bestätigt hat.

Hey. Ist alles gut?, schreibe ich. Passt Montagabend nicht?

Marco, der Kellner, serviert den Espresso und legt die Rechnung hin.

»Amore?«, sagt er und zwinkert.

»Ja, genau«, sage ich. »Amore …« Ich wünschte.

Na ja …, schreibt Anne. Kann ich das am Wochenende bestätigen? Ich habe Dienstag einen Termin und weiß noch nicht, ob ich Montag rechtzeitig mit den Vorbereitungen fertig werde. Ich werde die nächsten Tage versuchen, ordentlich voranzukommen.

Klar, schreibe ich und frage mich, ob sie Hunter möglicherweise zugunsten eines anderen Dates abblitzen lässt. Es geschähe im jedenfalls recht. Kein Ding. Dann hoffe ich mal, dass du rechtzeitig fertig wirst. Ich würde Montagabend ungerne auf dich verzichten.

Das sagst du jetzt so. Dabei weißt du ja gar nicht, was dich erwartet!

Was erwartet mich denn?

Gute Frage!!!

Und?

Lass mich überlegen ...

Während Anne überlegt, zahle ich die Rechnung, trinke meinen Espresso doppio und zerkaue einen Amarettino. Ich weiß ja eigentlich ganz genau, was mich erwartet: Ein weiterer Abend am Büroschreibtisch, während Hunter in den Genuss eines Dates kommt, das er meinem Charme zu verdanken hat.

Ich wollte dir eigentlich gerade ein Foto schicken, aber dafür ist es noch zu früh;)

Ein Foto? Was für ein Foto?, schreibe ich. Jetzt wäre es eigentlich mal an der Zeit, etwas zu ihrem Intro-Text zu sagen. Etwas Persönliches. Ich klicke mich zu ihrem Profil:

Anne H., 28, 6 Meilen entfernt.

Letzter ...

Film, den ich gesehen habe: Wild

Buch, das ich gelesen habe: Wandern in Kolumbien

Schokoriegel, den ich gegessen habe: Trader Joe's Dunkel

Cocktail, den ich getrunken habe: Gimlet

Land, das ich bereits habe: Kolumbien

Typ, den ich nach rechts gewischt habe: Wird sich wohl noch herausstellen

Gimlet. Kein schlechter Cocktail.

Na ja, ein Foto halt;), schreibt Anne. Überlasse ich deiner Phantasie.

Mhm. Ist das Foto von dir vor der Tallandschaft aus deiner Kolumbienreise?

Ja.

Ist das das Cocora-Tal?

OMG, ja! Warst du dort selbst mal wandern?

Ja, ich war selbst auch schon dort. Aber das kann ich von Hunter wahrscheinlich nicht behaupten. Es sei denn, im Cocora-Tal gibt es irgendwo ein legendäres Fünfsternehotel mit Spa-Bereich und Hubschrauberlandeplatz auf dem Dach.

Nein, kann aber gut sein, dass ich in meinem Helikopter mal drübergeflogen bin.

Lol.

Phantastische Aussicht, soweit ich das richtig in Erinnerung habe.

Angeber.

Ich grinse. Wo sie recht hat, hat sie recht.

»Jonathan, du bist ja immer noch hier. Möchtest du nicht auch langsam mal los?«

Sally lugt in mein Büro. In den Händen hält sie eine Zimmerpflanze – die nimmt sie übers Wochenende stets mit nach Hause, weil sie behauptet, sie würde sonst wegen der Büroluft austrocknen. Eine Weile steht sie da, bis das automatische Flurlicht ausgeht und nur noch meine Bürolampe brennt. Wenn Sally geht, werde ich der Letzte im Büro sein, und so, wie es aussieht, werde ich auch morgen wieder herkommen müssen. Ich versuche es eigentlich zu vermeiden, samstags zu arbeiten, aber das versuche ich schon seit einem guten halben Jahr.

»Ich bin heute nicht so gut durchgekommen und muss das hier« – ich nicke in Richtung des erst halb durchgearbeiteten

Vertragsstapels, der neben meiner Tastatur auf dem Schreibtisch liegt – »bis Montag fertig haben.«

»Mach nicht zu lang, ja?«

Sally hat etwas Beruhigendes an sich. Selbst Hunter wird in ihrer Anwesenheit ein besserer, na ja, zumindest weniger aufbrausender Mensch. Sie geht auf die siebzig zu, und von einer Rechtsanwaltsgehilfin wird eigentlich nicht erwartet, dass sie eine der Letzten ist, die das Büro verlässt. Alle hier respektieren Sally. Sie war schon Rechtsanwaltsgehilfin bei Donwell & Cron, als bei Hunter noch Dinge wie Pausenbrot und Flummispiele an der Tagesordnung standen.

»Keine Sorge«, sage ich und überlege, was ich mir zum Abendessen ins Büro bestellen soll. Mein Magen knurrt schon wieder.

»Ich habe einen neuen Lieferservice entdeckt, falls du später Hunger hast«, sagt sie, als hätte sie meine Gedanken erraten. »Äthiopisch. Ich schick dir den Link.«

»Du bist die Beste.«

»Also dann, mein Lieber. Schönes Wochenende.«

»Bye, Sally.«

Sallys Schritte entfernen sich, das Licht auf dem Flur geht aus. Beim Blick aus dem Fenster sehe ich, wie das Nachtleben draußen langsam Gestalt annimmt – Büromenschen eilen aus den Hochhäusern und steigen in Taxen, die ersten Grüppchen Feiernder erscheinen auf den Bürgersteigen. Im Hochhaus gegenüber brennt in dem ein oder anderen Büro ebenfalls noch Licht – gut zu wissen, dass ich nicht der einzige Idiot bin, der noch am Schreibtisch festhängt.

Nachdem ich Sallys Empfehlung gefolgt bin und Essen bei Lalibela bestellt habe, sitze ich jetzt in der Küchenecke des Büros und genieße das Injera-Fladenbrot mit allerlei Wots. Ich lese die Nachrichten des Tages und prüfe immer wieder den Chat mit Anne, aber sie hat seit ihrer »Angeber«-Nachricht nicht mehr geschrieben. Ich frage mich, was sie an einem Freitagabend so treibt, und ob ich sie mit der Helikopter-Sache abgetörnt habe.

Hi Anne, schreibe ich. Hier der Angeber.

Ich kaue gefühlt eine halbe Stunde an einem Reststück Fladenbrot herum, bis sie endlich antwortet.

Lol.

Ist es immer noch zu früh für ein Foto?

Haha. Du bist lustig!

Na ja, du hast es fatalerweise angesprochen ... jetzt bin ich eben neugierig.

Schick mir gerne eins von dir, dann kriegst du auch eins von mir!

Gut. Ein Foto, auf dem mein Kopf abgebildet ist, werde ich ihr wohl kaum schicken können. Dann eben eins allein von meinem Oberkörper, mit der Krawatte, vielleicht beflügelt das ihre Phantasie.

Ich setze mich aufrecht hin und überprüfe mein Hemd, meine Krawatte und mein Jackett auf Soßenflecken. Alles sauber. Perfekt. Ich atme tief ein, halte den Atem an, schieße das Foto und schicke es ihr. Hunter ist etwas durchtrainierter und breiter als ich. Ich hoffe, ihr fällt der Unterschied nicht allzu sehr auf, wenn sie ihn demnächst hoffentlich mal trifft.

Keine Antwort.

Erst bin ich enttäuscht, dann beginnt meine Phantasie damit, Purzelbäume zu schlagen. Was ist, wenn sie sich gerade auszieht?

Aber meine Hoffnungen werden nicht erfüllt. Anne schickt mir ein identisches Foto von sich, dieselbe Pose, nur ohne Krawatte: ihr aufrechter Oberkörper, der in einer schwarzen Bluse steckt. Toll.

Darf ich ganz ehrlich sein?, schreibe ich.

Yep.

Ich hatte mit mehr Freizügigkeit gerechnet.

Geht mir genauso.

Einer muss den ersten Schritt machen. Ich sage: Ladies first!

Gewieft.

Ach, Mann. Diese Anne. Ganz schön stur. Und eigentlich viel zu zeitintensiv. Normalerweise hake ich Matches, die nicht sofort zu einer Verabredung führen, sofort ab.

So stur! Was machst du eigentlich beruflich?

Ich sattele gerade um.

Von was auf was?

Ich habe ein paar Jahre für unterschiedliche NGOs gearbeitet und mich vor kurzem selbstständig gemacht. Jetzt produziere ich Ahornsirup und eröffne bald zusammen mit einer Freundin einen eigenen Laden. Beziehungsweise wir mieten eine relativ große Fläche eines Cafés an.

Welches Café?

Wahrscheinlich in meinem absoluten Lieblingscafé – das Black Sheep. Ist aber alles noch nicht unter Dach und Fach.

Kenne ich nicht. Und warum Ahornsirup?

Ahornsirup ist eine gute Alternative zu Honig.

Was ist falsch mit Honig?

Es ist extrem schwer, Honig kommerziell und gleichzeitig tierfreundlich herzustellen.

Verstehe. Und was ist mit Agavensaft?

Du lässt wohl nicht locker, wie?

Berufskrankheit;)

Agavensaft ist zumindest aus ökologischer Sicht nicht so gut, weil er importiert wird. Ahornsirup hingegen kann man lokal herstellen. Besser fürs Klima, verstehste?

Kapiert.

Warum sitze ich eigentlich immer noch hier? Es ist schon fast zehn, und ein Date wird aus diesem Chat heute sowieso nicht mehr – vor allem keins mit mir.

Deiner Krawatte nach zu urteilen bist du noch im Büro?

Ja. Und was machst du?

Ich bin gerade vom Yoga zurückgekommen.

Yoga. Das sehe ich immer nur von Weitem in meinem Fitnessstudio.

Wo trainierst du?

Im Seven's. Und du?

Kleines Yogastudio in Chinatown, The Little Green House.

Und jetzt?

Sitze ich auf meinem Sofa und lese einen Ratgeber für Führungskräfte;) Bei einem Glas Rotwein.

Frag lieber mich – ich bin eine Führungskraft! **Schön wär's.**

Du lässt wohl keine Gelegenheit aus, deine Kompetenz hervorzuheben, wie? Ich meine aber eher die Führungskraft des 21. Jahrhunderts (Teamplayer, schwache Hierarchien usw.), nicht so den Helikoptertyp mit Assistent. Deinen Rat kann ich also nicht so gut gebrauchen :)

Ganz schön frech.

Das hätte aber auch nach hinten losgehen können, schreibe ich.

Hätte, hätte, Fahrradkette.

Wie viel Wein hast du denn schon intus?

Ich?

Ich grinse. Gucke auf die Uhr. Stelle das Handy auf lautlos und packe es weg. Dann räume ich den Tisch auf und gehe zurück in mein Büro. Die Schreibtischlampe brennt und wirft einen Lichtkegel auf meine Arbeitsfläche. Trotzdem kommt es mir hier plötzlich seltsam dunkel vor.

Mein Blick fällt auf die Kommode an der Wand, die für Büromaterial vorgesehen ist. Hunter verstaut dort außerdem Werbegeschenke – verpackte Bücher, Alkohol und anderes Zeug. Wenn es sich nicht gerade um kubanische Zigarren handelt, verschenkt mein Chef diese Dinge meist einfach weiter. Ich habe schon mehrmals in unsere Gesprächen einfließen lassen, dass ich ein Fan von Whisky bin, Scotch vor allem, aber er scheint das bisher nicht mit der unangetasteten Flasche Yamazaki in Verbindung gebracht zu haben – jede Woche schaue ich mindestens einmal nach, ob die Flasche noch da ist. Meines Erachtens gehört sie zu mir, bin ich ihr natürlicher Besitzer. Hunter weiß so einen feinen Tropfen gar nicht zu schätzen, sonst hätte er ihn nicht einfach dort abgestellt.

Ein Gedanke führt zum anderen, und schließlich finde ich mich mit einem halbvollen Gläschen in meinem ergonomischen Schreibtischstuhl wieder, lehne mich so weit es geht zurück und genieße das Feuer, das meine Kehle hinunterrinnt und sich angenehm in meinem Magen ausbreitet.

Manchmal stelle ich mir einen Quickie in meinem Büro vor … wie mir eine Frau die Augen mit einer Krawatte zubindet und mit mir macht, was sie will. Gedanken an diese Art von Kontrollverlust beim Sex erregen mich. Und ohne dass ich es direkt steuern kann, schießen mir Bilder von Anne in den Sinn und spulen eine Szene vor meinem inneren Auge ab, die ich zu gerne erleben würde.

Ich verliere das Gefühl für die Zeit, versuche vergeblich weiterzuarbeiten. Schließlich gebe ich auf und packe zusammen.

KAPITEL 3
Anne

Die Phantasie hat zum Glück keine Grenzen, denke ich mir. Mein Phantasie-Sex mit Hunter ist jedenfalls ziemlich gut. Und das muss ich ausnutzen, solange ich ihn noch nicht gesehen habe. Die meisten Tinder-Dates überleben den Reality-Check ja leider nicht. Treffen möchte ich ihn aber auf jeden Fall; ich freue mich eigentlich schon sehr auf Montagabend. Aber das muss ich ihm ja noch nicht sagen.

Ich klappe mein Buch zu und lasse mich in die Kissen sinken, zappe mich durch Netflix und bleibe bei einer neuen Dramedy-Serie hängen.

Kurz darauf vibriert mein Handy.

Hey, kommt es wie von Geisterhand. Hunter ist wieder online. Ich klicke auf sein Profil: Irgendwie sieht er geleckt aus, mit seinen akkurat geschnittenen Haaren und seinem weißen Kragen. Dazu noch sein Intro-Text: »Hunter D., 47, 6 Meilen entfernt. Suche smarte Schönheit für gepflegte Unterhaltung und gediegene Stunden in schönem Ambiente. Ich bin Partner bei Donwell & Cron.« Wer schreibt so was schon? Gediegene Stunden? Schönes Ambiente? Wie von einer Marketing-Firma getextet. Total unpersönlich und altbacken. Aber sein im gut geschneiderten Anzug verborgener Körper ist wirklich nicht zu verachten. Ich klicke mich durch die Fotos. Eins zeigt ihn in beigen Shorts und babyrosa Polohemd auf einer (seiner?) Yacht – na ja, Geschmackssache.

Angeber halt. Für ein bisschen Ablenkung aber sicherlich der Richtige. Solange er kein Serienmörder und ganz hübsch ist, denke ich mit Blick auf den Fernseher – die Serienheldin, eine Pathologin, seziert gerade eine Leiche – ist ja alles okay.

Hey, hey, schreibe ich. »Mit anonymisierten Nachnamen assoziiere ich selten etwas Gutes. Geht es dir genauso?«, würde ich gerne hinterherschicken, lasse es aber lieber. Wahrscheinlich hat Hunter D. schon genug von mir. Und die Aussicht auf Sex sollte ich mir jetzt nicht verbauen. Ich bin für meine Verhältnisse schon ziemlich weit gekommen.

Hunter schreibt prompt zurück: Und – was sagt dein Ratgeber über autoritäre Führungspersönlichkeiten wie mich?

Gut, dass er sich selbst nicht zu ernst nimmt.

Ich schicke ihm einen Screenshot vom Anfang des Kapitels »Der Top-down-Ansatz«: »Der autoritäre Führungsstil ist ein auf Kontrolle und Befehl beruhender Führungsansatz, der auf einem hierarchisch gegliederten Gehorsam aufbaut. Entscheidungen fließen entsprechend einem Top-down-Ansatz von oben nach unten.

Mit dem Aufschwung flacher Hierarchien mit dem Leitbild mündiger Mitarbeiter werden autoritäre Manager zunehmend als Flexibilitätshemmnis und Kreativitätsunterdrücker kritisiert.«

Interessant, schreibt Hunter. Aber im Bett stehen doch alle darauf!

Was heißt hier »alle«?

Frauen natürlich.

Vielleicht nicht jede.

Wie steht's mit dir?

Ich dominiere lieber, wenn du es genau wissen willst.

Gemäß eines »Top-down-Ansatzes«?

Yep, schreibe ich und füge schnell hinzu: Wobei ich gegen ein bisschen Abwechslung nichts einzuwenden habe.

Wie sieht's mit Montagabend aus? Steht die Verabredung?

Wärme schießt mir ins Gesicht. Ich denke an meine Reizunterwäsche, und Rotwein, und nackte Haut.

Ja, die steht. Ich überrasche mich selbst mit dieser Antwort. Obwohl Hunter und ich ja wirklich nicht kompatibel sind, kann ich nicht umhin, mich von seinem unnachgiebigen Interesse an mir geschmeichelt zu fühlen. Wie wär's mit acht Uhr im Pizza Panna? Die Pizza mit karamellisierten Zwiebeln, Birnen und Blaukäse ist einfach nur lecker, die musst du probieren!

Acht Uhr im Michael's on Simcoe.

Ich google »*Michael's on Simcoe*« und klicke mich durch Fotos von Tischen mit gestärkten weißen Tischdecken. Hm. Spießig. Sieht noch dazu ziemlich kostspielig aus. Momentan investiere ich mein ganzes Geld in Julies und mein Geschäft. Wir haben sogar einen Kredit aufgenommen. (Notiz an mich selbst: Ab Dienstag weniger Geld ausgeben.)

Ich freue mich auf dich, schickt Hunter hinterher. Das wird bestimmt interessant mit uns beiden.

Dann tauschen wir unsere Nummern aus und wechseln zu WhatsApp.

Später, weit nach Mitternacht, und einige Serienfolgen und Weingläser weiter, werde ich unerwartet kühn – ich schicke ihm eine ellenlange Nachricht, über mich, meine Enttäuschung über Cooper, meine Ansichten über Männer im Allgemeinen, und ein bisschen noch was über Gott und die Welt oder so, bereue das dann aber spätestens nach dem Zähneputzen – das grelle Badezimmerlicht macht mich plötzlich unangenehm wach – und lösche sie gleich wieder in der Hoffnung, dass der Typ schon schläft.

Am nächsten Morgen hab ich nicht nur einen leichten Kater, im Chat steht außerdem ein Fragezeichen als Antwort auf meine gelöschte Nachricht. Korrektur: Nachrichten!

Nachricht gelöscht.

Nachricht gelöscht.

Nachricht gelöscht.

Nachricht gelöscht.

Nachricht gelöscht.

Nachricht gelöscht.

Da ich die Regeln des Datens ohnehin nicht beherrsche, muss ich mich jetzt ernsthaft fragen, ob das peinlich ist?

Ich entscheide, mir erst mal einen Kaffee zu machen, eine Aspirin zu nehmen und Julie eine Nachricht auf Band zu hinterlassen. Sonntagmorgens ist sie nie zu erreichen; Samstag ist ihr »Tindertag«, an dem datet sie mindestens drei Männer im Akkord, und mit einem von denen verbringt sie dann meistens auch den Abend, oder, wenn keiner der drei ihrem Gusto entspricht, schlägt sie bei ihrem *friend with benefits*, Vincenzo, auf.

»Na du? Sag mal, ist es schlimm, ich hab Hunter mehrere Nachrichten geschickt und sie dann wieder gelöscht, er hat mir daraufhin ein Fragezeichen geschickt, was soll ich ihm jetzt antworten? Hoffe, du hattest einen netten Abend, pass auf dich auf, miss you.«

Ich finde eine Packung Blaubeeren im Tiefkühlfach. Bis die aufgetaut sind, schneide ich eine Banane klein, rühre einen Pancake-Teig zusammen, nippe immer wieder an meinem

Kaffee und höre Lokalnachrichten. Der Bürgermeister spricht über seinen neuen Stadtplan zur Förderung der Infrastruktur. Sein Schnellstraßenprojekt ist ziemlich umstritten. Kein Wunder, die Straße, die er plant, verbindet zwei Autobahnen und verläuft quer durch die Stadt. Mehr Feinstaub braucht Toronto nun wirklich nicht, aber er spricht nur beschönigend von einer »Investition in die Zukunft« und dem »Anlocken internationaler Investoren«. Ich schüttele den Kopf und warte. Kommt da noch was? Das große Menasto-Debakel hat er bisher nicht kommentiert, dabei ist es seine Partei, die Konzerne wie Menasto durch die Steuerbegünstigungen aus den USA anlockt.

Vor lauter Ärger vergesse ich, mir den Happen Pancake, der aufgespießt auf meiner Gabel darauf wartet, verzehrt zu werden, in den Mund zu schieben. Bevor ich schließlich zubeiße, dippe ich ihn in extra viel Ahornsirup.

Nach dem Frühstück putze ich meine Wohnung, was – leider – ziemlich schnell getan ist; meine Wohnung ist nämlich gerade mal so groß wie ein Schuhkarton. Es ist eine Einzimmerwohnung mit Minibad. In dem einen Zimmer befindet sich alles: Küche, Wohnzimmer und Schlafzimmer. Mein sogenanntes »Schlafzimmer« alias eine einsame Queensize-Matratze auf zwei aufeinandergestapelten Paletten, mit denen angeblich Ahornsirup nach Europa transportiert wurde, ist durch eine Schiebetür vom Rest des Raums getrennt. Öffnet man die Tür, fällt man quasi sofort auf die Matratze. Meinen »Nachttisch« habe ich deshalb an der Wand angebracht – eine hölzerne Ahornsirup-Box, die ich abgeschliffen und glasiert habe. (Versprechen an mich selbst: Ich werde dem

Drang widerstehen, aus meiner Wohnung einen Ahornsirup-Themenpark zu machen.)

Meine Wohnung befindet sich in der zwölften Etage eines neuen Hochhauses im Junction Triangle, westlich von Downtown Toronto. Die Nachbarschaft ist rund um ein Stück stillgelegter Zuggleise angesiedelt, ein großer Teil davon ist jetzt ein Mix aus Industriegebiet, Cafés und Künstlerstudios. Alle zwei Monate macht irgendwo ein altes Restaurant oder eine Bar zu und was Neues auf. Das neue Eckrestaurant, das meinen liebsten Take-away in der Nachbarschaft ersetzt hat, ist für mich jetzt kaum noch bezahlbar. Doch obwohl die Mietpreise stetig steigen, ist meine Miete zum Glück noch die alte.

Ein Gutes hat das Hochhaus, in dem ich wohne: Von außen sieht es zwar ziemlich trist aus, aber es ist – *surprise* – hoch, so dass man von hier oben bis zum Lake Ontario sehen kann, der etwa fünfzehn Minuten mit dem Fahrrad entfernt liegt. Der See ähnelt einem Meer. Gigantisch, weit und scheinbar uferlos.

Wenn man in meine Wohnung kommt, fällt der Blick bei geöffneten Vorhängen sofort hinaus auf den See. Links vom Fenster steht ein Sofa, davor ein Teetisch, und gegenüber der Fernseher. An der Wand um den Fernseher hängen ein paar gerahmte Fotos, eins meiner Eltern und eins von Julie und mir. Früher gab's da auch noch Cooper zu sehen, aber die Rahmen liegen jetzt fotolos in der Fernsehkommode und verstauben. Wenn Julie und ich unsere Marke launchen, hänge ich ein Bild von unserer Eröffnungsfeier auf, hab ich mir fest vorgenommen. Rechts vom Fernseher ist die Tür zu meinem

Schlafzimmer, daneben befindet sich die Dusche, und gegenüber davon eine Kücheninsel, die durch einen Bartisch optisch vom Rest des Raumes abgetrennt wird. An den Wänden rechts und links der Eingangstür habe ich Bücherregale und eine Kleiderstange angebracht. Na ja, alles etwas improvisiert, aber etwas anderes geht in dem Raum einfach nicht.

So wohne ich. Klein. Julie nennt es »gemütlich«, aber ich komme mir wirklich manchmal vor wie eine Maus im Schuhkarton. Doch auch wenn ich es mir sehnlichst wünsche, das finanzielle Risiko, eine größere Wohnung zu mieten oder sogar eine zu kaufen, kann ich gerade nicht auf mich nehmen. Erst muss unser Geschäft anlaufen und der Kredit abbezahlt werden.

Wie gesagt, mit dem Putzen bin ich schnell durch. (Notiz an mich selbst: Alles hat seine Vor- und Nachteile!)

Nach dem Duschen gleiche ich die Wettervorhersage aus dem Radio durch einen Blick aus dem Fenster ab: Der Himmel ist grau und könnte in den nächsten Stunden ebenso Sonne wie Hagel bereithalten. Aber es ist warm, und die Prognose lautet: Sonnenschein.

Jetzt ist es fast halb zwölf. Ich entscheide, spazieren zu gehen, in Richtung des Black Sheep, Julies und meinem Lieblingscafé. Es liegt um die Ecke von der Beratungsfirma, in der sie arbeitet, mit der U-Bahn eine halbe, zu Fuß eine ganze Stunde entfernt von mir. Leider ist es nicht das, in dem wir die Fläche für den Sirup werden anmieten können – gestern Nachmittag kam die Absage von der Managerin. Es ist ziemlich klein, aber vor allem auch überhaupt nicht vegan. Die Managerin hatte Angst, unseren Sirup inmitten von buttrigen Croissants, Brownies und Milkshakes als vegane bzw. »gewaltfreie« Alternative zu Honig zu verkaufen.

Aber Julies und mein Lieblingscafé wird es trotzdem bleiben – es liegt am Rand von Chinatown, in einem begrünten Innenhof an einer ruhigen Seitenstraße nahe ausgefallener Vintagestores, Friseursalons, chinesischer Restaurants und billiger Massenwarenläden. Eine kleine Oase der Ruhe inmitten eines eher hektischen Viertels.

Als ich es nach einer guten Stunde Fußmarsch erreiche, ist mir warm geworden, deshalb lasse ich meinen Mantel gleich auf einen freien Stuhl im Freien fallen, um ihn zu reservieren. Dann gehe ich hinein, wo mich der Duft von geröstetem Kaffee und aufgeschäumter Kuhmilch begrüßt – ein blöder Nebeneffekt davon, keine Kuhmilch mehr zu trinken, liegt darin, dass man den Unterschied plötzlich viel stärker wahrnimmt. Der Geruch ist nicht störend, nur ganz auffällig tierisch.

Ich bestelle einen Flat White mit doppeltem Espresso und Hafermilch, und einen Brownie – das Stück ist ziemlich groß und sieht aus, als könnte es mich glücklich machen. Ausnahmsweise bin ich froh, dass Julie gerade nicht da ist, denn der Brownie ist nicht als vegan gekennzeichnet, da steckt wahrscheinlich ordentlich Butter drin – ich frage lieber nicht nach. Ich bin da nicht so konsequent wie Julie, die mir in diesem Moment bestimmt 'ne kleine Standpauke halten würde.

Mit meiner Bestellung kehre ich an den Tisch im Freien zurück, hole meinen Laptop aus der Tasche und checke meine Mails. Gestern Nachmittag habe ich nach Designern für unser Logo gebrowst und schon ein paar von ihnen angeschrieben; zwei haben geantwortet und mir einen Kostenvoranschlag gemacht. Ich antworte, mit Julie im CC, und schreibe nur kurz danke und dass ich mich in Kürze melde.

Zwei Stunden später habe ich immer noch nichts von Julie gehört. Bisher hat sie weder auf meine Mails noch auf meine Telefonnachricht reagiert.

Ich werfe einen letzten Blick auf meine Excel-Tabelle, in der ich die Kontakte der angeschriebenen Designer festgehalten habe – insgesamt sind es vierzehn, einige davon sind sehr vielversprechend, jetzt muss nur noch der Preis stimmen. Anschließend gehe ich noch mal die Präsentation für Dienstag durch – Dienstag treffen Julie und ich eine potenzielle Investorin. Dann klappe ich meinen Laptop zu und gestatte mir zum ersten Mal seit dem Morgen einen Blick in den Chat mit Hunter. Vielleicht sollte ich mal auf sein Fragezeichen antworten.

Die Messages waren nicht an dich gerichtet, sorry. Etwas Besseres fällt mir nicht ein.

Beim Gedanken an meinen Nachrichtenschwall verziehe ich kurz das Gesicht und versuche, die Erinnerung so weit wie möglich zu verdrängen. Und das geht am allerbesten mit noch einem Flat White und noch einer Arbeitseinheit, entscheide ich. Allerdings ist es hier draußen schon wieder frischer geworden, ein paar Wolken verdecken hartnäckig die Sonne. Also packe ich meine Sachen zusammen und mache es mir drinnen gemütlich.

KAPITEL 4

Jonathan

Nachricht gelöscht, Nachricht gelöscht, Nachricht gelöscht, Nachricht gelöscht, Nachricht gelöscht, Nachricht gelöscht.

?

Die Messages waren nicht an dich gerichtet, sorry.

Kein Ding, passiert mir auch öfter. Bei so vielen Chats verrutscht man schon mal in der Zeile.

Haha, so war das nicht gemeint!

Ach, gib's ruhig zu. An jedem deiner Finger hängen zehn Männer, die auf eine Nachricht von dir warten.

Hast du auf eine Nachricht von mir gewartet?

Ja. Du schuldest mir noch eine Antwort auf die Frage, ob du Montagabend mit mir essen gehst.

Alles klar. Wir sehen uns Montag. Chris war das, 18 Uhr in der Cloak Bar, richtig?

Sehr witzig.

;) Wir sehen uns!

Wahrscheinlich sollte ich mich selbst dafür bemitleiden, dass ich mich auf ein Date freue, auf dem ich nie aufkreuzen werde.

Ich rufe den Screenshot ihrer gelöschten Messages auf – sie hat wohl gedacht, dass ich schon schlafe und sie nicht gelesen habe.

War mir eh klar, dass sie die hinterher löschen würde. Solche Nachrichten sind bei Tinderbekanntschaften echt 'ne Art

Suizid, spätestens bei nüchternem Magen dürfte das sogar Tinderamateuren wie Anne auffallen:

Manchmal frage ich mich echt, was so Typen wie du eigentlich von mir wollen – ich meine, wir leben auf total Unternehmen Planeten, und du könntest übrigens mein Vater sein! Sorry, dass ich gerade so ehrlich bin, aber das spart Zeit, will mich hier ja nicht ewig auf WhatsApp herumschleppen für nichts und wiederholen nichts, und du ja sicher auch nicht.

Sorry, mein autocorrect macht mir gerade einen Strich durch die Rechnung. Ich meinte: unterschiedlichen Planeten, herumschlagen, nichts und wieder nichts.

Also, was willst du eigentlich? Sexy?

Ich meine: Sex?

Ja, ich auch. Also lass uns doch einfach auf einen Drink treffen und diesen ganzen Quatsch mit Essen und allem vergessen, du und ich wissen sicher beide, dass da nicht mehr draus werden wird, ich meine, du könntest mein Vater sein!

Ach, das hab ich ja schon geschrieben, sorry, ich wiederhole mich, ist schon spät. Ach, wäre Cooper nicht gewesen, würde ich das gerade auch gar nicht schreiben, aber du weißt ja, wie das ist, man »verbrennt« sich manchmal und dann ist nichts wie es früher mal war und jetzt stell ich eben lieber direkt sicher, dass man dasselbe will, anstatt jahrelang rumzueiern. Seit Cooper denk ich mir: Manchen Männern muss man eben auf die Sprünge helfen, die denken teilweise, man kann uns Frauen nichts zumuten, wir halten die Wahrheit nicht aus, aber das stimmt nicht!

Grinsend lege ich mein Handy zurück in die Halterung auf dem Laufband, kippe mir Wasser in den Mund und über den Kopf und schalte ein paar Stufen höher. Ich renne so schnell ich kann, den Blick nach vorne auf die Skyline Torontos gerichtet. Noch fünfzehn Minuten, dann ist mein Workout beendet. Ich renne und renne. Der Schweiß läuft mir schon die Schläfen hinunter, gefühlt ist mir mein ganzes Blut in den Kopf gestiegen, als mein Handy vibriert und ich erkenne, dass Anne ein Foto geschickt hat.

Ich will es sofort sehen und klicke darauf. Leider vergesse ich dabei die Geschwindigkeit, mit der das Laufband weiterrast, und werde nach hinten weggefegt.

Montags, hat mir Sally beigebracht, sollte man keine Mandanten anrufen. Denn Montag ist vier Tage entfernt von Freitag, und diese Tatsache tut den meisten weh. Das macht sich nicht nur in der Laune bemerkbar, sondern auch im Geschäft – für wichtige Gespräche und Angelegenheiten sollte man also bis Dienstag warten. Ruft einen montags jemand an, weiß man, dass er einen für unwichtig erachtet. Heute wurde ich insgesamt schon elfmal angerufen, und es ist gerade mal zwölf Uhr.

Ich habe mal ausgerechnet, wie viele Stunden ich hier bei Donwell & Cron noch fristen muss, bis ich meinen Studienkredit abgezahlt habe: 28 880. In Minuten: 1 728 000. Wenn ich in zwei Jahren keine Beförderung und Gehaltserhöhung bekomme, sind es sogar 38 120 Stunden bzw. 2 287 200 Minuten.

Ich tu ja immer so, als wäre mir das Tindern für meinen Chef eine Last, aber ganz ehrlich: Wenn man es genau nimmt, ist es ein super Ausgleich zu den fehlenden Softskills in diesem Anwaltshaifischbecken, in dem die durchschnittliche emotionale Intelligenz ungefähr auf dem Level eines Einzellers liegt. Bestes Beispiel wäre mal wieder Hunter, der Sally am Freitag darum gebeten hat, für Samstag ein Kinoticket für einen jugendgerechten Film in einem New Yorker Kino zu kaufen. Heißt übersetzt: Er hatte vor, seinen Sohn allein ins Kino zu schicken.

Seit gestern Abend ist er wieder zurück aus New York, und heute Morgen hatte ich schon zwei Mails von ihm in meinem Postfach, gesendet gegen zwei Uhr morgens. Menasto, der neue Großkunde der Firma, ist ihm wichtig und macht ihn nervös, aber die Telko heute Morgen um neun – den Termin hat sich der Mandant so gewünscht – ist zum Glück gut gelaufen, seine Erinnerungsmails brauchte ich gar nicht, ich war auch ohne sie sehr gut vorbereitet. Er hat zwar kein Wort dazu gesagt, aber eben hat mir Sally einen neuen Termin für morgen in meinen Kalender gesetzt und mir ein Flugticket gemailt: Ich darf mit nach Boston. Das ist ein guter Aspekt an diesem Job – das Reisen. Davon abgesehen werde ich dann auch gleich bei Hunter nachfühlen können, wie sein Date mit Anne gelaufen ist. Zum ersten Mal wünsche ich mir, dass es danebengeht, auch wenn dadurch die schlechte Laune in Boston vorprogrammiert wäre.

»… Watson!«

Hunter erscheint im Türrahmen meines Bürozimmers. Er fängt immer schon an zu reden, bevor er überhaupt durch die Tür gekommen ist. Leider habe ich auch diesmal nur meinen Namen verstanden, denn die Lauschkraft meiner Ohren reicht leider nicht aus, um durch abhörsichere Bürowände zu hören.

»Watson, ich rede mit Ihnen!«

Ich schließe schnell den Browser, in dem mehrere Tabs mit den nicht gerade zielführenden Ergebnissen meiner Internet-Recherche zu den Schlagworten »Anne H. Ahornsirup Start-ups Toronto Gründerszene« leuchten.

»Hunter, was gibt's?«

Er hält eine Papiertüte hoch. Diese enthält, vermute ich, ein Sandwich.

Wenn Hunter auf sein Lunch im Matisse verzichtet, will das was heißen. Brötchenessen vor dem Bildschirm tut er sich nur an, wenn ihm ein Klient wirklich wichtig ist und er sich ernsthaft vorbereiten muss.

»Watson!«

»Ja?«

»Na, was ist denn jetzt?«

»Was gibt's, Hunter?«

»Also …?«

Ganz ehrlich: Laut Archäologie ist die Verwendung von Hieroglyphen schon 1600 Jahre her, aber wenn man mit Hunter interagiert, könnte man meinen, dass so manch ein Homo Sapiens darauf hängen geblieben ist und die Zeichensprache sogar ins Mündliche übertragen hat – in emotionaler

Hinsicht allemal. Hunters kryptische Sprache soll einer mal verstehen. Plötzlich geht mir ein Licht auf, wenn ich daran denke, wie viele Frauen sich darüber beschweren, dass sie oft die ganze »emotionale Arbeit« leisten. So zurückgeblieben, wie manche Männer sind, ist das kein Wunder. Ich bin natürlich die Ausnahme.

Von meinem Bürosessel aus nehme ich die Papiertüte in Hunters Hand genauer unter die Lupe: Stecken da etwa zwei Sandwiches drin, und heißt das, dass eins davon für mich gedacht ist?

Mit seinen graumelierten Haaren und seinem dunkelgrauen Designeranzug könnte mein Chef tatsächlich respekteinflößend wirken. Allerdings sieht er gerade echt verloren aus. Er räuspert sich und baumelt wortlos mit der Tüte.

Und da fällt es mir glühend heiß ein: Das Lunchdate. Mit Cassy. Gelöscht. Der jämmerliche Ersatz: Ich!

»Kommen Sie doch rein«, sage ich und wundere mich, dass er das nicht schon von selbst gemacht hat. Was ist heute nur los?

Anstatt auf den freien Stuhl setzt er sich mit der halben Pobacke auf meinen Schreibtisch, greift in die Tüte und reicht mir ein Pastrami-Sandwich.

Ich lehne mich in meinem flexiblen Schreibtischstuhl genügend zurück, um etwas Distanz zwischen uns zu bringen, aber nicht so weit, dass ich sein Misstrauen erregen könnte.

Hunter beißt hungrig in sein Sandwich, wobei eine Pastramischeibe halb herausflutscht und auf meine Tastatur zu fallen droht. Stumm kaut er auf seinem Essen herum. Ich mache es ihm gleich, so dass eine ziemlich lange Zeit nur unsere Kaugeräusche den Raum erfüllen.

Nachdem ich ein paar Bissen hinuntergeschluckt habe, will ich mich kurz dafür entschuldigen, dass ich es vollkommen versäumt habe, ein Ersatzdate für heute Mittag zu organisieren. Dann aber fällt mir ein, dass Entschuldigungen bei Alphamännchen wie meinem Chef grundsätzlich als Schwäche gedeutet werden.

»Lecker«, sage ich also nur. »Danke.«

»Vom Italiener um die Ecke.«

»Dolcini?«

»Korrekt.«

»Und wodurch habe ich die Ehre?«

»Na ja …« Er wischt sich mit dem Handrücken über den Mund. »Ich hab Sie ja vorgewarnt.«

»Richtig.«

»Außerdem – wollen Sie mir nicht langsam mal ein Update geben?«

»Wegen Menasto?«

Er lockert seine Krawatte und schaut mich mit einem ironischen Ausdruck in den Augen an. »Watson, sieht mein spontaner Besuch in Ihrem Büro wirklich danach aus, als wollte ich übers Geschäft sprechen?«

Ähm …

»Ich bin hier, weil Sie mir für heute Abend ein Rendezvous arrangiert haben, mit einer gewissen Anne«, fährt er fort. »Gibt es da etwas, das ich wissen sollte? Haben Sie vielleicht ein paar Stichpunkte für mich?«

»Stichpunkte?«

»Ja, ich meine …« – er gestikuliert mit seiner kräftigen Hand, um dessen Gelenk das Weißgold seiner Rolex das Deckenlicht reflektiert –, »ein Update, Informationen, etwas, was mir hilft, bei ihr zu landen.«

Mit meinem letzten Bissen lasse ich mir ausgesprochen viel Zeit. Etwas in mir wehrt sich nämlich dagegen, Anne auf einer Stichpunktliste zusammenzufassen. »Sie ist achtundzwanzig, und Unternehmerin«, sage ich schließlich vage. Sollte ich Hunter vielleicht in die Irre leiten, damit aus dem Date nichts wird? Oder wäre das zu fies Anne gegenüber?

»Und weiter?«

»Viel gechattet haben wir nicht. Wie Sie wissen, komme ich immer relativ schnell zur Sache.«

»Schnell zur Sache?« Er grinst. »Der Termin steht seit letzter Woche als ›tbc‹ in meinem Kalender. Was hat da so lange gedauert?«

»Sie hat morgen einen Termin, den sie vorbereiten musste, und wollte schauen, ob sie rechtzeitig damit durchkommt. Deshalb konnte sie das Date nicht direkt bestätigen.«

»Was für einen Termin?«

Ich zucke mit den Schultern. »Hab ich versäumt zu erfragen.«

»Und was für ein Unternehmen ist das, für das sie arbeitet?«

»Ähm … sie hat es gegründet … und … ähm, leitet es zusammen mit ihrer Freundin.«

»In welchem Bereich?«

»Ähm, Ahornsirup.«

»Ahornsirup?« Er sieht enttäuscht aus. Ist ihm wahrscheinlich ein bisschen zu öko. »Ha!«

»Ja, weil nämlich, also ...« Soll ich ihm sagen, dass Ahornsirup die bessere Alternative zu Honig ist? Und vielleicht sollte ich ihn wegen des Menüs heute Abend darauf vorbereiten, dass Anne, wie ich stark vermute, höchstwahrscheinlich Vegetarierin, wenn nicht sogar Veganerin ist. Wenn sich Hunter heute Abend ein Riesensteak reinhaut, kommt das vielleicht ... ja, genau, überhaupt nicht gut an. Und exakt aus diesem Grund halte ich lieber den Mund. Das fällt auch gar nicht weiter auf, denn Hunter monologisiert ganz gerne.

»Hat sie noch mehr Fotos rausgerückt? Wussten Sie, dass mir die Letzte ohne High Heels ungefähr bis hierhin gereicht ist?« Er deutet auf die Höhe seines Bauchnabels. »Aber als ich das realisiert habe, war es für einen Gentleman wie mich natürlich schon zu spät. Ich hätte ihr natürlich sofort ein Taxi nach Hause bestellen können, aber was ein Mann anfängt, bringt er auch zu Ende, hab ich recht oder hab ich recht, Watson?«

Bei so viel Blödheit habe ich schon keine Lust mehr zu antworten.

»Watson?«

»Alles eine Frage der Perspektive, Hunter. Sie scheinen zu implizieren, dass die Dame zu klein war, aber relativ besehen könnte man auch argumentieren, dass Sie zu ... groß sind.«

Er lächelt geschmeichelt. Wahrscheinlich ist dieses Gespräch seine Version eines guten Locker-Room-Talks. »Aber eins muss ich Ihnen lassen: Schöne Haut, gesunde Haare. Roch auch sehr gut. Hatte Stil, die Frau.«

»Freut mich zu hören, dass Sie auf Ihre Kosten gekommen sind.«

Er streicht an seiner Krawatte entlang. »Und die Neue?«

»Was soll mit ihr sein?«

»Wie sieht sie aus?«

»Ich hab sie Ihnen doch letzte Woche schon gezeigt«, höre ich mich antworten. Aber während ich das noch sage, schäme ich mich schon.

Ich stehe auf, wende mich der Nespresso-Maschine auf meinem Regal zu. »Schwarz?«

»Was?«, fragt Hunter. Er klingt genervt.

»Espresso?«

»Ah. Ja, schwarz.«

Während sich der Espresso in die Tassen ergießt und seinen aromatischen Duft ausbreitet, denke ich nach. Wenn mein Chef ein echtes Arschloch ist, was bin dann ich?

»Zucker?«

»Nein«, ertönt die tiefe Stimme hinter mir.

Mit den Tassen in der Hand kehre ich an den Schreibtisch zurück.

»Kommen Sie schon, Watson!« Anstatt die Tasse entgegenzunehmen, schnipst er und winkt seine Finger dann zu seinem eigenen Körper hin. »Rücken Sie Ihr Handy raus und lassen Sie mich mal einen Blick drauf werfen.«

In sicherem Abstand zur Tastatur stelle ich schnell die Tassen ab und schnappe mir mein Handy. Mein erster Impuls ist, den Chat mit Anne zu löschen.

»Klar, einen Moment«, sage ich, während ich WhatsApp öffne und so tue, als würde ich durch die Chats scrollen, um nach ihr zu suchen. Tatsächlich aber archiviere ich den Chat mit Anne schnell, gehe in meine Fotogalerie, klicke auf ihr zuletzt gesendetes Bild und halte es Hunter vor die Nase.

Seine Augen weiten sich interessiert; er nimmt mir das Handy aus der Hand und betrachtet das Bild, wenn man mich fragt, viel zu lange. Zu lange für jemanden wie Hunter, für den Anne nur eine Nummer ist.

Das Foto ist aber auch wirklich süß. Es ist ein Selfie und zeigt sie irgendwo draußen auf der Straße, dem Hintergrund nach zu urteilen könnte das die Spadina Avenue sein. Sie hat einen Rucksack auf dem Rücken, und sie lächelt. Weil sie die Kamera auf dem Foto so nah an ihr Gesicht hält, sieht man sehr gut, dass ihre Augen bernsteinfarben sind. Spätestens seit ich das gesehen habe, weiß ich zu hundert Prozent, dass sie sich selten auf Tinder herumtreibt, sie ist wahrscheinlich ein totaler Tinderneuling, sonst hätte sie schon tausende Komplimente für ihre Augen bekommen und würde die in ihrer Intro stärker in den Fokus rücken. Dieser Cooper, von dem sie neulich geschrieben hat, hat hundertpro was damit zu tun. Sie ist mit Sicherheit frisch getrennt, oder vielleicht sogar geschieden. Früh zu heiraten ist schließlich wieder im Trend.

»So, gesendet.« Hunters Stimme reißt mich aus meinen Gedanken. »Und ihre Nummer? In Ihrem Telefonbuch stehen zwei Annes. Anne H. und Anne Davis.«

»Gesendet? Was haben Sie gesendet?«

»Na, ich hab mir das Foto geschickt. Ich muss heute Abend ja schließlich wissen, nach wem ich Ausschau halte.«

Ah. Ich überlege. Anne Davis hab ich schon seit Ewigkeiten nicht mehr gesehen. Sie ist eine ehemalige Kommilitonin, die sich, anders als ich, für die richtige Karriere entschieden hat und jetzt auf dem besten Weg ist, Strafanwältin zu werden. Vielleicht hätte sie ein Nachsehen mit mir, wenn ich Hunter ihre Nummer gebe? Dann hat das mit Anne H. und Hunter immerhin schnell ein Ende. Auch wenn ich nach wie vor überzeugt bin, dass er das schon ganz allein vergeigen wird.

Auf der anderen Seite: Wenn Anne ihn nach dem Date tatsächlich mal anschreibt, sieht er, dass ich ihm die falsche Nummer gegeben habe.

»Anne H.«, sage ich also wahrheitsgetreu.

Mit einem zufriedenen Gesichtsausdruck tippt Hunter auf meinem Screen herum. Anschließend legt er das Handy weg, blickt auf seine Armbanduhr und schaut auf. »Prima. Dann wollen wir mal hoffen, dass das Foto hält, was es verspricht.« Er hebt die Tasse an seine Lippen. Bevor er seinen Espresso mit einem Schluck austrinkt, fragt er: »Gibt es sonst noch was, das ich wissen sollte?«

Sie interessiert sich für das Wohl der Tiere, denke ich, *und das Thema Klimawandel. Ihr Lieblingscafé ist das Black Sheep. Sie hat einige Jahre lang für verschiedene NGOs gearbeitet und ist lustig, eigensinnig, seltsam, schnell betrunken, hübsch und …*

»Watson!«

»Ja?« Oh, vielleicht hab ich ein bisschen zu lange nichts gesagt. »Ähm … nein, das wär's. Viel Spaß beim Date!« Ich schlage ihm kumpelhaft mit der flachen Hand auf den Oberschenkel, denn Hunter scheint es sich auf meinem Schreibtisch ganz besonders bequem gemacht zu haben und sitzt immer noch da. Aber was eigentlich nur als lockere – ähm –

»Locker-Room«-Geste unter Männern gedacht war, löst ein peinlich berührtes Räuspern in ihm aus. Er belegt mich mit einem halb erschrockenen, halb entsetzten Gesichtsausdruck und schweigt. Auch ich schweige. Im Raum ist es so still, dass ich sogar den leise tickenden Sekundenzeiger seiner Uhr hören kann.

Hunter schiebt den Ärmel seines Anzugs zurück, blickt auf seine Rolex und erhebt sich vom Schreibtisch. Bevor er mein Büro verlässt, dreht er sich noch mal um.

»Watson.«

Mehr sagt er nicht.

»Hunter«, antworte ich also im gleichen Tonfall. Immer nachmachen, dann kann man nichts falsch machen.

Er zieht die Tür hinter sich zu, doch das hektische Ticken seiner Armbanduhr scheint er zurückgelassen zu haben.

Tickticktickticktick … Noch 27 000 Sekunden bis zum Date mit Anne.

KAPITEL 5
Anne

»Wo warst du?«

»Das willst du nicht wirklich wissen.«

»Ich hab mir schon Sorgen gemacht.«

»Lässt du mich rein?«

Ich betätige den Türöffner, und kurz darauf steht Julie in meiner Wohnung.

Die morgige Präsentation ist schon geöffnet und auf meinem Laptop zu sehen. Letzterer steht auf meinem sogenannten »Schreibtisch«. Der Bartisch (ja, der ist natürlich auch aus Ahornholz) lässt sich ausziehen, und so ergibt er eine Arbeitsfläche, die groß genug für zwei ist – na ja, so halbwegs jedenfalls.

Julie und ich umarmen uns; sie legt ihren Mantel ab und zieht die Schuhe aus.

»Brr, es schneit!« Sie reibt sich die Hände.

Ich schaue zum Fenster hinaus. O Mann.

»Das kleine Schwarze bleibt heute Abend wohl im Kleiderschrank, was?«

»Seit wann trage ich, bitteschön, so Dinge wie ›kleine Schwarze‹?«, frage ich, während ich uns einen Kaffee mache. Jeans und Schlabberpullis aus Biobaumwolle sind meine besten Freunde (neben Julie). »Außerdem, woher weißt du überhaupt, dass mein Date heute Abend ist? Oder dass ich ein Date habe?«

»Ach komm – dass unsere Präsi jetzt schon fertig ist, kann nur heißen, dass du heute Abend schon was vorhast. Normalerweise bist du nie so früh dran. Und eigentlich bittest du mich auch nicht, mitten am Tag in die Stadt zu kommen.«

»Stimmt«, sage ich, während ich Hafermilch aufschäume und eine Espressokanne auf den Herd stelle.

»Also sag schon.«

»Erst wenn du mir meine Frage beantwortest.«

»Welche Frage?«

»Hast du deinen AB schon abgehört?«

»Nee, wieso?«

»Wo warst du den ganzen Sonntag?«

»Sag ich dir gleich. Moment mal ...« Julie holt ihr Handy aus ihrer Tasche, und hält es sich nach ein paar Tastenkombinationen ans Ohr.

Als ich meine eigene Stimme durch die Lautsprecher erklingen höre (wieso klingt man eigentlich so fremd, wenn man sich selbst hört?), bin ich dankbar für das übertönende Dampfen und schließlich das Pfeifen der Espressokanne. Als der Lärm wieder abklingt, höre ich ein Kichern.

»Wie viele Nachrichten hast du ihm denn geschickt?«, kommentiert Julie mit einem breiten Grinsen, nachdem sie aufgelegt hat.

Mit den fertigen Cappuccinos in der Hand trete ich an den Bartisch, an dem Julie schon Platz genommen hat.

»Na ja, so ... vier? Oder fünf? Ist es schlimm?«

»Was genau hast du ihm denn geschrieben?«

»Na ja, irgendwas über Männer und ... ach, keine Ahnung! Irgendwas Blödes halt. Ich war etwas ... angetrunken.«

»Soso.« Julie lacht. »Nee, schlimm ist es nicht. Hoffen wir, dass er sie nicht gelesen hat, bevor du sie gelöscht hast.«

»Was?«

»Hat er sie gelesen, bevor du sie gelöscht hast?«

»Geht das?«

»Anne, auf welchem Planeten lebst du? Natürlich geht das!«

Ich überlege. Peinlich, ja oder nein? »Meinetwegen. Ich will eh nichts von ihm. Solche Anwaltsfuzzis gibt es wie Sand am Meer. Kann mir doch egal sein, was er von mir hält. Außerdem stand es ja seinem Interesse an mir offenbar nicht im Weg.«

»Gib's zu, so egal ist er dir gar nicht. Wir reden jetzt schon seit zehn Minuten über ihn. Das ist ein Rekord, seit Cooper.«

»Es ist ja auch das einzige Date seit Cooper.«

»Ich mein ja nur.«

»Können wir jetzt über was anderes reden?« Ich klicke auf die Maus, um den Bildschirmschoner aufzulösen.

»Na hör mal, ich bin nicht diejenige, die gestern wegen ein paar gelöschter Nachrichten Sturm geklingelt hat.«

»Ich hab nicht Sturm geklingelt, ich habe bloß noch ein paarmal angerufen, um zu hören, ob es dir gut geht. Wo warst du denn jetzt? Und kannst du das nächste Mal einfach kurz 'ne SMS schreiben, damit ich weiß, dass es dir gut geht?«

»Du guckst zu viele Krimis, Anne. Wieso sollte es mir nicht gut gehen? Mein Akku war einfach leer. Ich war bei Vincenzo.«

»Dates am Samstag nicht so gut gelaufen?«

»Doch. Einen treffe ich Mittwoch wieder, aber du weißt ja …«

»Jaja, keiner ist so gut wie …«

»Vincenzo, genau.«

Sie sieht müde und blass aus, aber zufrieden. Scheint nicht besonders viel geschlafen zu haben …

»Ist einfach angenehm, wenn es jemanden gibt, der genau weiß, was man will. Langsam machen Beziehungen für mich Sinn, weißt du – es ist einfach gut, wenn ich ’nem Typen nicht jedes Mal von vorne erklären muss, wo …«

»Jaja, dein G-Punkt liegt, ich weiß.«

»Genau.« Sie lächelt. »Und Vincenzo …« Julie gerät ins Schwärmen, und ich schalte ab. Den Text hab ich schon tausendmal gehört.

Vincenzo ist ein sexistisches Arschloch, aber extrem gut im Bett, angeblich. Er hat magische Finger, einen Riesenpenis und, ach, blablabla.

»… oder?«

Ratlos blicke ich Julie an. »Was?«

»Hast du mir nicht zugehört?«

»Entschuldigung, ich musste nur kurz …«

»… an etwas anderes denken?«

»Genau.« Ich sehe sie entschuldigend an.

»Wenn du Vincenzo mal kennenlernen würdest, würdest du dich mehr für mich freuen können und nicht jedes Mal in ein Koma fallen, wenn ich von ihm rede.«

»Sorry, aber was ich von ihm weiß, reicht mir eigentlich schon.«

»Ah ja?«

»Ja.«

»Und das wäre?«

»Er hat dich betrogen. Und für mich wird er deshalb immer der bleiben, der dich scheiße behandelt hat. Alles andere interessiert mich eigentlich nicht.«

Einen Moment lang rührt Julie beleidigt in ihrer Tasse herum. »Sollte es aber«, murmelt sie schließlich.

Dass so emanzipierte Frauen wie Julie auf so sexistische Typen wie Vincenzo abfahren, wird mir mein Leben lang ein Rätsel bleiben. Oder vielleicht weigere ich mich einfach, das zu akzeptieren.

»Nee, da ist bei mir Schluss«, erkläre ich.

»Aber das ist doch jetzt schon drei Jahre her!«, ruft Julie. »Wie kannst du deshalb immer noch sauer auf ihn sein? Wir sind doch schon längst über diesen Punkt hinaus. Ich weiß, wer er ist, und was ich bei ihm finden kann und was nicht.«

»Ach komm.«

»Was?«

»Bei den ganzen Sonntagen, die du in letzter Zeit bei ihm verbringst, glaube ich das nicht.«

»Wieso das denn?«

»Du hast dich doch eben selbst gehört: Langsam machen Beziehungen für dich Sinn.«

»Was willst du damit sagen?«

»Du erhoffst dir etwas von ihm. Und dass er dir nicht das geben kann, was du willst, finde ich einfach nicht gut.«

»Was für ein Quatsch!«

»Vielleicht sollten wir das Thema wechseln«, sage ich mit Blick auf den Bildschirm.

»Ja, vielleicht.«

»Tut mir leid.«

»Was genau? Dass du mir nicht mal mehr zuhörst, wenn ich über Vincenzo rede, oder dass du ganz automatisch annimmst, dass die ganze Welt genau dasselbe will wie du?«

»Hm? Wie meinst du das?«

»Wir müssen das Thema nicht vertiefen. Wenn du willst, können wir ein andermal in Ruhe darüber reden.« Julie rührt in ihrem Cappuccino und löffelt sich eine Schicht Milchschaum in den Mund.

»Nein, ich … ich will wissen, was du denkst.«

»Aber nur, wenn du mir versprichst, dass du nicht beleidigt bist.«

»Okay, versprochen.«

Julie seufzt, trinkt noch einen Schluck und beginnt: »Also gut: Ich find's erstens einfach nicht cool, dass du mir nicht mehr richtig zuhörst, wenn ich über meine Dates rede, oder über Sex. Klar, von außen klingt das alles lustig, und ist es ja auch. Aber nur weil es um Sex geht und um Spaß, heißt das nicht, dass es weniger sinnvoll ist, als zum Beispiel 'ne Beziehung zu führen. Wie oft habe ich *dir* zugehört, wenn es um dich und Cooper ging, und zwar immer wieder um dieselben Themen?«

Ich überlege – so viele Male kann man gar nicht zählen. Julie entnimmt das offenbar meinem Gesichtsausdruck, denn sie fährt fort:

»Genau. Oft. Und hab ich dir jemals das Gefühl gegeben, dass es mir egal ist, oder dass ich deine Probleme weniger ernst nehme als meine?«

Ich schüttele den Kopf.

»Wieso übergehst du mich dann in letzter Zeit so oft?«

»Ich übergehe dich?«

»Ja. Wir reden eigentlich nur noch über dein Liebesleben, aber wenn's um mich geht, nimmst du irgendwie gar nicht mehr teil.«

»Das ist jetzt aber unfair. Ich weiß doch eigentlich über alles Bescheid, was gerade in deinem Leben los ist.«

»Ja, aber nur oberflächlich. Du stellst mir keine Fragen mehr.«

»Was für Fragen soll ich denn stellen? Wie war's mit X oder Y im Bett?«

Julie zuckt mit den Schultern und schnauft. »Zum Beispiel, ja.«

»Ernsthaft?«

»Wieso nicht?«

Einen Augenblick lang schaue ich sie verdattert an. »Ist das nicht … gehört das nicht in deine Privatsphäre?«

»Nicht unbedingt. Du bist meine beste Freundin, Anne.«

»Aber … ich versteh nicht ganz.«

»Ich stell dir doch auch ständig Fragen, zum Beispiel früher, wie dein Urlaub mit Cooper war. Oder wie das Tindern läuft.«

»Was soll ich dir für Fragen stellen? Ich hab kaum Erfahrung im Bett, kannst du das nicht mit … ich weiß nicht … einer Freundin besprechen, die sich … keine Ahnung … besser auskennt? Shirin oder so?«

»Shirin? Klar, tu ich ja auch. Aber deine Meinung interessiert mich trotzdem. Beziehungsweise, es geht ja nicht immer nur darum, einem den besten Rat geben zu können. Manchmal möchte ich dir einfach was aus meinem Leben erzählen und hören, was du dazu denkst.«

»Ist das nicht langweilig mit mir? Ich meine, was hab ich dir schon zu sagen?«

»Und umgekehrt? Meine letzte feste Beziehung ist acht Jahre her, und die hat gerade mal anderthalb Jahre gehalten. Trotzdem fallen mir Fragen an dich ein. Und trotzdem erzählst du mir aus deinem Leben.«

»Okay.« Das muss ich erst mal sacken lassen. »Ich wusste gar nicht, dass du so sauer auf mich bist.«

»Ich bin nicht sauer auf dich.«

»Du wirkst aber so.«

Julie legt ihre Hand auf meine. »Hey, bin ich wirklich nicht.«

»Ich nehme mir jetzt jedenfalls vor, dir mehr Fragen zu stellen. Vielleicht fang ich gleich mal damit an.« Ich zwinkere.

»Haha. Nur zu. Aber mach schnell, eigentlich wollten wir ja arbeiten.«

»Ah, jetzt auf einmal schnell, ja? Nee … ich hab da gaaanz viele Fragen, Julie.«

Wir schauen uns an und müssen gleichzeitig lachen.

»Zum Beispiel?«

»Zum Beispiel, was Vincenzo angeht – was genau gibt ihm dieses Suchtpotenzial?«

Sie zuckt mit den Schultern und lächelt – wenn es mich nicht täuscht – leicht traurig. »Ich glaube, das ist Chemie. Ich hab mich, ehrlich gesagt, schon oft gefragt, ob es ihm mit anderen Frauen genauso geht wie mit mir. Aber ich glaube schon, sonst hätte er bestimmt mal was gesagt. Ich habe dieses besondere Gefühl jedenfalls nur mit ihm. Schade eigentlich, dass wir nur im Bett so gut zusammenpassen. Er ist seit Langem der Erste, bei dem ich ansatzweise Bock auf 'ne Beziehung hätte.«

»Häh? Hast du nicht gerade gesagt, dass ihr nicht zusammenpasst?«

»Ja, aber wenn der Aspekt stimmen würde, wäre es perfekt.« Sie grinst.

»Ich glaube, wir brauchen eine dieser Backformen …« Ich schnippe mit den Fingern.

»Back dir deinen Traummann?«

»Genau.«

Julie kichert, nimmt ein paar Schlucke Cappuccino und blickt dann auf meinen Bildschirmschoner, der wieder angesprungen ist. *Sugarbush Hill* gleitet in herbstroten Buchstaben darüber.

Das kommt davon, wenn wir uns sonntags nicht sehen: Die Themen, die wir normalerweise am Wochenende besprechen, rutschen in die Woche und vermischen sich mit geschäftlichen Dingen. Auch deshalb mag ich Vincenzo nicht – er raubt Julies und meinem Start-up wertvolle Zeit! »Hattest du denn Gelegenheit, dir meine Vorauswahl der Designs anzusehen?«

Julie sieht mich zerknirscht an. »Leider nur kurz, bevor ich heute Morgen aus dem Haus bin. Ich hatte auf dem Weg hierher noch einen Kundentermin. Eigentlich muss ich auch schon in einer Stunde wieder los, Anne«, sagt sie mit Blick auf ihr Handy. »Es ist Montag, ich hab zigtausend Mails im Postfach und muss heute noch bei meinem Chef aufschlagen.«

»Und du fragst dich, wieso ich mich über Vincenzo aufrege, bei der Zeit, die er wegfrisst?«

Julie lacht auf.

So läuft das eben manchmal, wenn man mit der besten Freundin arbeitet: Es gelingt nicht immer, Geschäftliches von Persönlichem zu trennen, aber in meinem Ratgeberbuch für Führungskräfte gibt es zu dem Thema ein Kapitel, vielleicht sollte ich das mal lesen …

Eine Stunde später sind wir die Präsentation durchgegangen und haben unseren Vortrag abgestimmt. Sehr viel Neues ist seit unseren Gesprächen mit den Banken eh nicht dazugekommen, schließlich stehen wir noch ganz am Anfang; viele Zahlen, die wir als positiven Beleg unserer Leistungen vorlegen können, gibt es noch nicht. Aber unsere Planung sieht okay aus, die Kredite stehen, nur der Mietvertrag ist noch nicht in trockenen Tüchern, und Julie verspricht mir, sich bis heute Abend noch wegen der Grafikdesigner bei mir zu melden – immerhin hatten wir noch Zeit genug, zusammen insgesamt acht in die engere Auswahl zu nehmen.

»Ich melde mich«, verspricht Julie. Sie schlüpft in ihren Mantel und umarmt mich.

Ich drücke ihr einen Kuss auf die Wange.

»Jetzt haben wir gar nicht mehr über dein Date geredet«, sagt sie mit Bedauern in der Stimme. »Wir wissen nicht mal, was du anziehen wirst!«

»Jedenfalls kein kleines Schwarzes.«

»Wo geht ihr denn essen?«

»Im Matisse.«

»Matisse? Noch nie gehört.«

»Und das will was sagen.«

»Wo ist das?«

»Downtown.«

Julie steht schon in der Tür und zückt ihr Handy. »Ein Steakhaus!«, stellt sie mit Blick auf Maps fest.

»Was? Wo steht das?«

»Hier, bei den Rezensionen: ›Bestes Steakhaus in Toronto‹.«

»Na, das kann ja heiter werden. Scheiße. Und das hast du mir eingebrockt!«

»Haha. Tja, Pech gehabt. Hättest ja eine andere Location vorschlagen können.«

»Hab ich, aber darauf ist er nicht eingegangen.«

»Du musst dich besser durchsetzen, Anne.«

»Ja, ich weiß.«

»Morgen kannst du schon mal üben.«

»Die Investorin angeln wir uns.«

»Genau.« Julie stellt sich in den Aufzug, der soeben seine Türen geöffnet hat, und schickt einen Luftkuss in meine Richtung. »Genieß dein Steak!«

KAPITEL 6
Jonathan

»So fleißig.«

Ich drehe den Kopf. Sally steht im Türrahmen und deutet auf meinen Bildschirm.

»Morgen ist der große Tag, was? Ich mach mich jetzt auf den Weg nach Hause … viel Spaß in Boston!«

Spaß würde ich das zwar nicht nennen – eher eine hochgradig stressende Bestandsprobe meiner Leistungen, und die erste richtige und vielleicht auch einzige Chance, hier in der Kanzlei einen Karrieresprung hinzulegen. Aber ich sage: »Danke, Sally. Übrigens, super Hotel, das du uns da gebucht hast.«

»Man tut, was man kann«, sagt sie und lächelt. »Bei über fünfhundert Dollar die Nacht gehe ich stark davon aus, dass es gut wird. Sogar mit Fitnessraum und Pool.« Sie zwinkert.

»Ob dafür Zeit bleibt …«

»Es muss!«

»Ja, wär schon schön, aber du kennst ja Menasto. Die wollen alles bis ins hinterletzte Detail besprechen. Deren Rechtsabteilung ist bisher die aggressivste, mit der ich je zusammengearbeitet habe. Wenn sich da morgen eine Lücke ergibt, für die ich verantwortlich bin, kann ich hier einpacken.«

»Das wird schon.«

»Das sagst du so.«

»Du kennst doch Hunter. Er tut immer strenger, als er am Ende ist.«

»Nicht wenn es um Menasto geht. Alle Kanzleien schauen uns hier auf die Finger. Wenn wir das nicht richtig hinbekommen, ist der Ruf der ganzen Kanzlei geschädigt.«

Sally lächelt mir beruhigend zu. »Und sonst? Was macht deine Mum?«

»Sie fragt, wann ich mal wieder hochfahre. Aber wie du siehst – ich versinke in Arbeit.«

»Zeit für die Familie muss sein. Geht's ihr denn wieder besser?«

»Ja, viel besser. Sie macht jetzt Yoga. Dadurch sind die Rückenschmerzen fast ganz verschwunden.«

»Und das Auto?«

»Ist in der Werkstatt. Die Kosten übernimmt die Versicherung des Unfallverursachers.«

»Sie kann von Glück reden, dass sie so gut davongekommen ist. Auch wenn ich mir diese ewigen Rückenschmerzen natürlich schlimm vorstelle.«

»Witzigerweise hat die Reha eigentlich kaum etwas gebracht. Die Schmerzen wurden erst durch das Yoga gelindert.«

»Machst du dir noch Sorgen?«

»Um meine Mutter? Nein, eigentlich nicht.«

»Ist es Menasto? Du siehst belastet aus.«

Ich zucke mit den Schultern.

Lieb, wie Sally sich immer um mich sorgt. Sie hat mich vom ersten Tag an unter ihre Fittiche genommen. Genau wie meine Mutter ist sie alleinerziehend, und außerdem Migrantin. Sally kommt aus Puerto Rico, meine Mutter kam mit siebzehn aus Indien hierher. Einmal, als meine Mutter zu Besuch war, sind Sally, sie und ich zusammen mittagessen gegangen. Seitdem fragt Sally regelmäßig nach ihr.

»Wie geht es Mateo?«

»Gut. Möchtest du die Hochzeitsfotos sehen?«

Während Sally mir die Fotos von der Hochzeit ihres Sohnes zeigt, wandern meine Gedanken zu Anne und Hunter ab.

»Jonathan?«

»Ja?«

»Alles okay?«

»Ja, wieso?«

»Ich hab nur ... eben was gefragt.«

»Was denn?«

»Es tut mir leid, Junge. Ich quatsche zu viel. Diese ganzen Sachen interessieren dich wahrscheinlich gar nicht.« Sie lässt ihr Handy zurück in ihre Handtasche fallen.

»Doch, doch!«

Sally lacht. »Ach, ich bin da wahrscheinlich wie jede Mama. Mein Sohn ist mein Ein und Alles. Ich schau mir die Fotos jeden Tag an. Es war so ein besonderer Tag!« Sie hält inne. »Aber jetzt zu viel geredet.« Ihre Augen drücken Sorge aus, als sie sagt: »Du arbeitest eindeutig zu viel, Jonathan.«

»Tja, ich hab halt niemanden, der zu Hause auf mich wartet. Von meinem kiffenden Mitbewohner mal abgesehen«, erwidere ich und lächle schief.

»Komm, ich lad dich zu einem Feierabendbier um die Ecke ein.«

»Feierabend?« Ich blicke auf die Uhr. Es ist erst halb acht.

Wahrscheinlich schlürfen Hunter und Anne gerade an einem Aperitif und schauen sich tief in die Augen oder so was. Ich seufze.

»Okay. Vielleicht ess ich kurz ’ne Kleinigkeit mit dir und geh danach zurück an die Arbeit.«

Sally lächelt zufrieden. »Na, dann komm.«

Fünf Minuten später sitzen wir uns in einer nahe gelegenen japanischen Fusion-Bar gegenüber, essen Fischburger und trinken Sapporo.

»Gar nicht schlecht«, sagt Sally und liest sich das Etikett ihrer Bierflasche durch. »4,9 Prozent.«

»Apropos Prozent«, sage ich. »Ich hab gehört, Olivia bekommt ab diesem Jahr fünfzehn Prozent Bonus. Weißt du, woher das kommt? Sie hat ja nach mir angefangen …«

Sally blickt auf. »Wegen dem Menasto-Deal natürlich.«

»Was meinst du? Der Deal ist doch noch gar nicht durch.«

»Nein, ich meine den Kontakt.«

»Der Kontakt ging über sie?«

Sally nickt. »Aylin hat es mir erzählt. Ihr Onkel ist wohl im Aufsichtsrat von Menasto.«

»Verstehe.« Ich nehme einen großzügigen Schluck vom Bier und versuche, den Ärger darüber, dass manche Menschen allein durch ihre Verbindungen Karriere machen, hinunterzuspülen. Olivia geht jeden Tag pünktlich um achtzehn Uhr, während ich jeden Tag zig Überstunden leiste.

»Ich weiß, was du denkst. Aber deine Zeit kommt schon noch«, sagt Sally. »Da bin ich mir sicher.«

»Fünf Prozent mehr Bonus könnte ich gut gebrauchen …«

»Mit so einem hässlichen Deal möchtest du nicht reich werden, Junge.«

»Wieso das denn?«

Sie hebt eine Augenbraue.

»Ich weiß, Menasto steht in den USA immer wieder in der Kritik, aber ich hab mich mit den Details ehrlich gesagt noch nicht auseinandergesetzt. Bei so großen Unternehmen gibt es immer negative Presse, nenn mir eins, bei dem es nicht so ist.«

»Das stimmt.«

Sie scheint ihren Gedanken nachzuhängen. Deshalb hake ich nach: »Oder worauf willst du hinaus?«

Wissend lächelnd sagt sie »Ach« und winkt ab. Vielleicht sollte ich wirklich mal mehr Recherche betreiben, aber dafür fehlt mir einfach die Zeit.

»Sag doch mal«, bitte ich.

»Vielleicht ein andermal. In einem anderen Setting.« Sie blickt sich um.

»Noch ein Bier?«, frage ich und hebe meine leere Flasche.

Nach unserem zweiten Bier verabschiedet sich Sally in den Feierabend, und ich kehre ins Büro zurück. Im ganzen Gebäude brennt nur noch ein einziges Licht. Ich gehe hinein und steige in den Aufzug. Auf der vierzehnten Etage angekommen, laufe ich den stillen Korridor entlang, bis ich vor der richtigen Tür stehe. Auf dem Schild steht »Belanger, F.« Fleur ist die Rechtsassistentin. Ich klopfe und höre ihre Stimme.

»Ja?«

»Hey«, sage ich. »Sag mal, hast du einen Moment?«

Sie löst ihren Blick vom Monitor. »Wenn's sein muss.«

»Hast du dich schon mit Menasto befasst?«

Sie kräuselt ihre Lippen. »Rate mal, was ich gerade mache.«

»Sind viele Fehler im Vertrag?«

»Du hättest ihn mir ruhig ein bisschen früher schicken können.«

»Sorry.«

»Schon okay. Bis jetzt sind es nur ein paar kleine Tippfehler. Und ich habe ›Sorgfaltsmaßstab‹ durch ›Sorgfältigkeitsmaßstab‹ ersetzt.«

»Ist doch dasselbe.«

»Ja, aber so klingt es konsistenter.«

»In deinem Job wäre ich verloren.«

»Ich war schon immer eine kleine Pedantin.«

»Na dann …«

Sie lächelt. Ruhig. Souverän. Und mir fällt wieder mal auf, dass Fleur echt ganz nett ist. Irgendwas ist anders an ihr, ich kann aber nicht genau sagen, was.

»Sonst noch was?«, fragt sie und klickt ein paarmal mit dem Kuli in die Luft.

»Wieso?«

»Du bist hier reingekommen, Jonathan. Was gibt's?«

»Darf man einer Kollegin nicht mal mehr Hallo sagen?«

»Hallo«, sagt sie und lacht. »War's das?«

Vielleicht sollte ich sie mal fragen, ob sie Lust hätte, was trinken zu gehen, denke ich. »Ähm, ich wollte dich fragen, was du über Menasto weißt.«

»Viertgrößter internationaler börsennotierter Zementhersteller mit Headquarter in Houston, Umsatz 27,32 Billionen, wieso?«, sagt sie ungeduldig. »Bist du morgen nicht bei den Verhandlungen dabei?« Ihre Augenbrauen verengen sich vor Skeptizismus.

»Keine Sorge, ich hab meine Hausaufgaben gemacht.«

»Ah ja? Wirkt nicht so.«

»Sehr witzig. Ich meinte eher: Was weißt du über das, was Menasto nachgesagt wird?«

»Musst du dafür wirklich mich fragen? Google es doch einfach. Die Nachrichten sind voll davon.«

»Ich merk schon, ich halte dich auf.«

»Hast du mal auf die Uhr geguckt?«

»Hab ich mir abtrainiert bei all den Überstunden.«

Sie schnaubt. »Sollte ich wahrscheinlich auch mal tun.« Sie klickt wieder mit dem Kuli und schürzt nachdenklich die Lippen.

»Hast du vielleicht Lust, noch was trinken zu gehen?«

»Warst du nicht grad eben schon weg? Was machst du eigentlich noch hier?«

»Boston vorbereiten natürlich.«

»Ich mache zehn Kreuze, wenn der Deal endlich vom Tisch ist.«

»Ich würde mit Post Closing Disputes rechnen.«

»Aber diesmal macht ihr den Vertrag ein bisschen früher fertig, ja?« Sie zeigt mit der Kulispitze auf mich. »Und jetzt entschuldige mich, bitte. Ich muss hier langsam echt mal fertig werden.« Sie lässt ein paar Sekunden verstreichen, in denen keiner von uns etwas sagt. »Wenn's sonst nichts mehr gibt: Viel Spaß in Boston, Jonathan.« Und mit diesen Worten widmet sie sich wieder ihrem Screen, als hätte ich den Raum schon verlassen.

Als ich nach Mitternacht als Letzter das Büro verlasse, bin ich so müde, dass meine Gedanken komplett leer gefegt sind. Das ist das Gute daran, wenn man vor Arbeit untergeht: Es macht die Dinge irgendwie einfacher. Selbst die kurze Vorstellung von Hunter und Anne zusammen im Bett rührt mich nicht. Nicht, dass mich das je gejuckt hätte, oder?

KAPITEL 7

Anne

Als ich am Abend im Uber sitze (zur Information: Ich trage eine enge Jeans, hohe Schuhe, von denen ich gar nicht wusste, dass ich sie noch habe, und ein altes Hemd von Cooper, das mir schon immer viel besser stand als ihm, vor allem, wenn ich es nur minimal zuknöpfe und mein Ausschnitt hier und da meine aufreizende Unterwäsche durchblitzen lässt … mein Urteil: Super Outfit, alles ziemlich bequem, sogar die Schuhe, denn sie haben einen idiotensicheren Blockabsatz, mit dem ich nicht Gefahr laufe, im Kopfsteinpflaster stecken zu bleiben) … als ich also im Uber sitze, klicke ich auf das Online-Menü des Restaurants und suche verzweifelt nach vegetarischen Gerichten. Bei den Vorspeisen – die wahrscheinlich mini sind – werde ich fündig. Toll. Ohne Hoffnung checke ich meine Nachrichten, keine Rückmeldung von Hunter, dem ich gleich nach Julies Abfahrt vorgeschlagen habe, dass wir uns doch bitte in einem anderen Restaurant treffen sollten. Auf meinen Anruf hat er auch nicht reagiert.

Der Wagen hält, ich steige aus. Zwei Türsteher begrüßen mich vor dem Gebäude aus rotem Backstein und Glas. Ich schreite durch einen schweren schwarzen Vorhang. Der Geruch von Kamin, Whisky und Barbecue-Sauce umfängt mich. Mein Blick fällt auf die Bar: eine schwarzglänzende Theke, an der Geschäftsmänner in hohen lederüberzogenen

Barhockern sitzen, auf ihre Handys starren oder gedankenverloren in das Hochprozentige in ihren Gläsern blicken. Zwei schauen zu mir rüber und checken mich aus, einmal von oben nach unten und wieder zurück – ja, mit meiner Skinny Jeans und den High Heels kommen meine langen Beine zur Geltung, und meine etwas widerspenstigen, welligen Haaren habe ich mit einem Glätteisen in Form und zum Glänzen gebracht. Aufreizend auf das andere Geschlecht zu wirken, war ja das Ziel, aber etwas an den Blicken der Männer stört mich – dieser Mix aus alkoholgeschwängertem Interesse und selbstgefälliger Arroganz. Ich hebe skeptisch eine Augenbraue und starre zurück. Einer reagiert darauf, indem er sein Glas erhebt und mich anlächelt. Könnte das Hunter sein? Der Anzug, der Haarschnitt, das Lächeln sehen haargenau gleich aus, aber für den Mann daneben, der sich angeregt mit dem Barmann unterhält, gilt das ganz genauso … hmmm, verwirrend, wenn man in einem Lokal voller Männer steht, die allesamt wenig Wiedererkennungswert haben.

Eine große, platinblonde Platzanweiserin, die nebenberuflich als Model arbeiten könnte, nimmt mir so gekonnt den Mantel ab, dass ich es fast nicht gemerkt hätte, wäre der Duft aus Haarspray und Parfum, der sie umringt, nicht so deutlich.

Sie geleitet mich mit großen Catwalk-Schritten an meinen Platz und zieht dabei nicht wenige Blicke der anderen Gäste auf sich. Ich folge ihr brav und etwas trottelig wie ein kleiner Hund. Die gestärkten Tischdecken, die kreisrunden Ledersitzinseln, die die lange, von einem eingebauten Aquarium unterbrochene Wand säumen, erwarten mich genau so, wie sie auf den Fotos abgebildet waren.

Mein Date ist noch nicht da. Ich bin aber auch fünfzehn Minuten zu früh dran, bei Uber Share weiß man schließlich nie genau, wie schnell man da ist, da hab ich lieber großzügig Zeit eingerechnet. Die schwindelerregend hohen Weinpreise ignorierend, bestelle ich selbstbewusst eine ganze Flasche Gamay aus der Region. Kurz darauf nippe ich an meinem Glas und checke meine Mails.

Julie hat ein paar Grafikdesigner in die engere Auswahl genommen. Kann es Zufall sein, dass die allesamt männlich, Anfang bis Ende dreißig und ziemlich attraktiv sind?

Als ich geschrieben habe, du sollst einen Passenden aussuchen, meinte ich das in professioneller, nicht in sexueller Hinsicht!, schreibe ich ihr in unseren *Sugarbush-Hill*-Chat. (Wir versuchen, Privates und Professionelles zu trennen, indem wir zwei Chats haben, einen für unser Start-up und einen normalen – wie man sieht, klappt das nur mäßig.)

Ihre Antwort kommt prompt.

Die passen in jeglicher Hinsicht;)

Hast du mal darüber nachgedacht, dass wir in Zukunft vielleicht mehr von unserem Grafikdesigner wollen als ein Logo?, schreibe ich zurück.

Ich will auf jeden Fall mehr!

Ich mein's ernst, Julie.

Solltest du nicht längst bei deinem Date sein?

Lenk nicht ab. Ich würde unseren Designer gerne noch beauftragen können, nachdem du mit ihm geschlafen hast.

Kannst du doch LOL. Und jetzt sag mal: Wie ist's? Hast du schon in deinen Burger gebissen?

Wir sprechen uns noch!

:-*

:-*

Als ich den Blick hebe, sitze ich einem lächelnden Mann gegenüber, der sich ein Glas Rotwein einschenkt und es erhebt.

Er sieht ganz anders aus, als ich ihn mir vorgestellt habe. Er trägt einen eleganten schwarzen Rollkragenpullover, hat einen leichten, grauschwarz melierten Stoppelbart, und sein Haarschnitt ist lockerer, die Haare sind etwas länger, weniger streng geschnitten als auf den Fotos. Eine Art Victor-Webster-Verschnitt.

»Schön dich endlich persönlich kennenzulernen, Anne.« Seine Stimme ist samtig und dunkel, und als er sich mit seinem Glas vorbeugt, erhascht meine Nase einen dezenten, holzigen Männerduft.

Wir stoßen an. Er lässt sich den Wein munden und schmeckt den Noten nach.

»Nicht schlecht«, sagt er und begutachtet interessiert das Etikett auf der Flasche. Dann wendet er sich wieder mir zu. Er lächelt noch immer, und sein intensiver Blick macht mich kurz nervös. Mein Gehirn scheint ihn schon längst als sexuell begehrlich eingestuft zu haben. »Bist du schon mal hier gewesen, Anne?«

Ich mag seine Stimme, und wie er meinen Namen sagt. Irgendwie sexy. Aber hat er meine Nachrichten nicht gesehen? Ich hab ihm doch ziemlich klargemacht, dass so ein Restaurant nichts für mich ist. Wenn er nicht ganz blöd ist, hat er gecheckt, dass ich nicht so die Fleischesserin bin.

»Ähm, nee, ich …«, setze ich an, bringe es aber nicht fertig, meine Gedanken zu Ende zu führen. Ich zögere noch, ihm eine Predigt übers industrielle Tieretöten zu halten, schließlich sind wir nun mal hier, und ich will ihm seinen Abend nicht vermiesen, außerdem, erinnere ich mich, will ich ja nichts Ernstes, nur Spaß. Was kümmert es mich also? *Loslassen, Anne*, denke ich und nehme ein paar großzügige Schlucke vom Rotwein. Alkohol soll ja helfen, munkelt man …

»Bestes Steak in Toronto«, sagt er und reicht mir die Speisekarte.

»Oh!« Nur mit großem Widerwillen klappe ich die Karte auf. Nichts darin überrascht mich, ich habe sie ja schon online eingesehen. Verzweifelt versuche ich mir in meinem Kopf ein sättigendes Menü aus Beilagen zusammenzustellen. Wie wäre es mit einem Gemisch aus Kartoffelpüree, Beilagensalat und Grillgemüse? (Notiz an mich selbst: Restaurants von der Liste an möglichen Dating-Locations streichen; Dates in Bars verlagern.)

Als ich nicht fündig werde, hakt er nach: »Nichts dabei, das deinen Appetit anregt? Falls dir Steak gerade etwas zu deftig ist …«

Ah, endlich hat er es kapiert.

»… könnte vielleicht der Hummer etwas für dich sein. Vielleicht als Vorspeise, zum Teilen?«

»Hmm …« Ja, genau. Auf einem lebendig in einen kochenden Topf Wasser geworfenen toten Meeresbewohner, der ohne uns Menschen mindestens hundert Jahre alt geworden wäre, kaue ich sehr gerne als Appetizer herum.

»Heute ist mir ganz besonders nach … Rohkostsalat«, sage ich, nachdem Hunter den Kellner herbeigewunken hat. »… und, ähm, confierten Kirschtomaten mit … geschmorten Süßkartoffeln.« *Für insgesamt fünfundvierzig Dollar*, setze ich in Gedanken hinzu. Das wird das teuerste Gemüse meines Lebens.

»Und als Hauptspeise?«, fragt der Kellner nach.

»Nein, das wär's für mich, danke«, sage ich und ernte von Hunter einen fragenden, vom Kellner einen verständnisvollen Blick – wahrscheinlich denkt er, ich bin eine von den Frauen, die sich nur Salat gönnen oder so. Dem durchschnittlichen BMI der Damen in diesem Lokal nach zu urteilen, kann man ihm das nicht übelnehmen.

»Eine leichte Kleinigkeit noch dazu vielleicht? Ich kann Ihnen das Flussbarschfilet sehr empfehlen.«

»Nein, vielen Dank«, sage ich so entschlossen wie möglich, woraufhin ich versuche, das Grummeln in meinem leeren Magen an den Rand meines Bewusstseins zu verbannen. Manchmal wünschte ich, ich wäre als Veganerin auf die Welt gekommen, wie Julie, dann wüsste ich erst gar nicht, was mir entgeht. Mit einem Blick auf das Aquarium, in dem viele bunte Fische schwimmen, möchte ich meinem Gewissen Aufwind geben, leider entdecke ich dabei auch dutzende Hummer, die sich mit festgebundenen Scheren auf dem Kiesgrund dahinbewegen. Wut flammt in mir auf, die ich nur mit Müh und Not unterbinde.

Der Kellner nickt und rauscht ab. Ich hoffe, mein Lächeln wirkt nicht zu gepresst, als ich mich wieder Hunter zuwende.

Smalltalk beherrscht er bis ins i-Tüpfelchen, und wenn mich nicht alles trügt, ist er extrem geübt darin, unauffällig Rotwein nachzuschenken. Kurze Zeit später schon jedenfalls bin ich nicht mehr nüchtern genug, um mir großartig Gedanken zu machen – weder um die lebenden Hummer, die neben uns im Aquarium schwimmen, noch um das Massaker an toten Crevetten in Hunters Beilagensalat. Ich muss auch keine Scheuklappen ausfahren, als ich, nachdem wir Nachtisch und den passenden Wein dazu bestellt haben, auf dem Weg zu den Waschräumen eine riesige verglaste Tiefkühltruhe passiere, die sich wohl irgendein verkorkster Interior Designer als »Deko« ausgedacht hat. In ihr hängen lauter Tierteile zur Schau – enthäutete Keulen, Rippen, Bäuche. Das alles verschwimmt in mir irgendwie zu einem schrägen Brei. Ich nehme alles auf, aber für eine Flucht reicht meine Koordination nicht mehr.

Als ich wieder zurück bin, steht das Dessert auf dem Tisch, und Hunter sitzt viel näher an meinem Platz als zuvor. Ich setze mich und spüre seine Hand auf meinem Arm.

»Jetzt haben wir viel zu viel über mich geredet«, konstatiert er.

»Haben wir?«

»Ich würde eigentlich ganz gerne etwas über dich erfahren.«

Er schaut mich durchdringend an, und mein Magen macht einen kleinen Salto.

»Aber du hast mir immer noch nicht gesagt, wer der Klient ist, für den du morgen nach Boston fliegst«, werfe ich ein.

»Da bin ich leider zu Verschwiegenheit verpflichtet.« Er

nimmt seine Gabel und probiert ein Stück meines Cheesecakes. Ein paar Krümel davon bleiben an seinen Lippen hängen. Volle, schöne Lippen. Der graumelierte Stoppelbart drumherum kratzt bestimmt beim Küssen, aber ich hätte nichts dagegen.

»Und wie ist Boston so? Ich bin nur einmal durchgefahren.«

Er hebt eine Augenbraue. »Ich verbringe die meiste Zeit im Konferenzsaal des Four Seasons, wenn ich da bin.«

Er lächelt plötzlich. »Hab ich was am Mund?«

Vielleicht habe ich ihm zu lange auf die Lippen geschaut und überlegt, ob ich ihm mit der Fingerspitze den Cheesecake wegstreichen soll. Korrektur: Zungenspitze.

Er fährt sich über den Mund. Meine Gelegenheit ist verflogen.

»Alles in Ordnung, Anne?«

»Jaja, alles klar. Wieso?« Merkt man mir meine Betrunkenheit schon an?

In seinen Augen liegt ein amüsiertes Lächeln. Er blickt auf seine Armbanduhr, nimmt noch einen großzügigen Löffel von seinem Erdbeerparfait, dann winkt er den Kellner heran und bittet um die Rechnung.

»Was, schon?«

Er beugt sich zu meinem Hals vor und küsst mich kaum merklich. »Ich hab noch was mit dir vor«, flüstert er selbstbewusst. Meine Armhärchen stellen sich auf. Das alles wirkt so einstudiert. Aber es wirkt.

Ehe ich michs versehe, sitze ich mit ihm auf der Rückbank eines Taxis. Mein knurrender Magen trauert meinem nur halb gegessenen Stück Cheesecake hinterher, aber von allen Eindrücken erreichen mich natürlich Hunters forsche Küsse am deutlichsten. Seine Hand ist unter mein Hemd gewandert. Sein Daumen schiebt sich sanft unter meinen BH und legt sich auf meine Brustwarze. Ich unterdrücke ein lustvolles Aufatmen und blicke zum Rückspiegel, durch den uns der Fahrer beobachtet.

Das Taxi hält vor einem Tor. Hunter kurbelt das Fenster runter und hält eine Karte vor den Sensor. Die frische Luft, die ins Taxi weht, tut gut.

Wir fahren einen von Buchsbaumbüschen gesäumten Kieselsteinweg hinauf, der vor einer breiten Eingangstreppe mündet. Ein paar Gartenlichter springen an und lassen ein modern renoviertes Haus aus weißem Stein erstrahlen, in dem man locker zehn Familien unterbringen könnte.

Hunter bezahlt den Taxifahrer, zieht mich aus dem Auto und drückt mich, nachdem seine Haustür, oder sollte ich besser sagen: der himmelhohe Eingang zu seinem Anwesen – mit einem Piepen aufgesprungen ist, gegen die Wand. Unter seinen forschen, atemlosen Küssen spüre ich seine Lust, in mich einzudringen, immer intensiver, meine Hände gleiten seinen muskulösen Oberkörper auf und ab und können ihr Glück kaum fassen (Randnotiz: Sein Arsch ist übrigens auch nicht von schlechten Eltern). Dann greift er mir unter den Po und trägt mich durch einen dunklen Flur in die Küche, wo er mich auf einer kalten Marmorarbeitsplatte absetzt. Ich ziehe ihm den Rollkragenpullover aus – wo findet der Mann eigentlich die Zeit, neben seiner anspruchsvollen Arbeit noch zu trainieren? Der Anblick ist einfach nur geil, und ein

Teil von mir, der wohl immer noch Mädchen ist, wundert sich über den Anblick dieser vollen Pracht Mann vor sich, der in seiner kalten, minimalistischen Küche steht und vom schwach hereinfallenden Licht erleuchtet wird. Eine Weile hört man einzig und allein unser Knutschen. Als ich meine Hand auf sein Glied lege und es durch den eleganten Stoff zu massieren beginne, beginnt er gierig zu stöhnen und meinen Namen zu murmeln wie ein Gebet. Unsere Lippen trennen sich, und eine Weile betrachte ich, wie er sich mit halb geschlossenen Augen seiner Lust hingibt, und genieße meine Macht über ihn. Er streckt seinen Arm nach meinem Nacken aus und zieht mein Gesicht ganz nah an seins heran, streichelt mit seiner Zunge meine Lippen und versucht in meinen Mund zu dringen, doch ich weiche zurück und lasse ihn zappeln. Mit einer geübten Handbewegung hat er drei Knöpfe meines Hemdes geöffnet, sodass mein Spitzen-BH darunter zum Vorschein kommt. An dem scheint er nur wenig Interesse zu haben, denn nach einer kaum wahrnehmbaren weiteren Bewegung seiner Hand fällt er auf den Boden, und meine Brüste liegen frei. Er umgreift meine Hüfte und zieht sie ein Stück zu sich, öffnet meine Jeans, zieht meinen Slip runter und dringt mit seinen Fingern in mich ein. Mit seinem Daumen stimuliert er meine Klitoris, bis ich extrem feucht bin, dann entblättert er sich, streift sich ein Kondom über (null Ahnung, wie er das so schnell herbeigezaubert hat) und dringt fast gewaltsam in mich ein. Etwas an seiner Ruppigkeit macht mich an, seine Stöße sind hart und ausfüllend, seine Finger krallen sich immer tiefer in mein Hüftfett, während seine Rechte meine Brustwarze zwickt.

Ein Grunzen. Dann: »Oh ja, fuck, ich komme gleich.«

Nachdem er zum Höhepunkt gekommen ist, entsorgt er das Kondom, küsst mich auf den Oberarm und schenkt sich ein Glas Wasser ein. Wortlos ziehe ich mich wieder an, greife mir einen Apfel aus dem metallenen Obstkorb und beobachte ihn eine Weile. Er gähnt und blickt auf seine Armbanduhr, klares Signal, dass der Abend seiner Meinung nach beendet ist.

Unsere Kleidung liegt in einem Haufen auf dem Boden. Ich angele mir meine Teile heraus. Schuhe, Mantel und Handtasche finde ich im Flur verteilt. Als ich die Tür öffne, steht Hunter in Boxershorts und Socken im Küchentürrahmen und lächelt müde und zufrieden.

»Warte«, sagt er. »Ich rufe dir ein Taxi.«

Er verschwindet in der Küche und kommt mit seinem Handy in der Hand zurück. Mit ein paar Klicks ist der Fahrer organisiert. Hunter zieht sich an und begleitet mich zum Tor. Zum Abschied streicht er mir das Haar hinter die Ohren und küsst mich sanft auf den Hals.

Das Taxi kommt, und der Fahrer kurbelt sein Fenster runter. »Für Hunter Dukes?«

»Komm gut nach Hause«, flüstert er mir durch das offene Autofenster ins Ohr, bevor seine Lippen kaum merklich mein Schläfenbein küssen. Ich drücke ihn kurz, dann nehme ich auf den Ledersitzen Platz und nenne dem Fahrer meine Adresse.

KAPITEL 8
Jonathan

»Watson!« Hunter steht frisch geduscht in dem, was er wahrscheinlich für seinen schicksten Anzug hält, in der Lobby unseres Bostoner Hotels. Sein Aftershave riecht man meilenweit entfernt, und der selbstzufriedene Ausdruck in seinem Gesicht, dem man klar entnehmen kann, dass er einen guten Abend hinter sich hat, ist auch noch nicht verflogen.

Ich nicke wortlos. Wir trinken noch einen Espresso an der Hotelbar, bevor wir uns in den gebuchten Konferenzsaal begeben. Es ist fünf nach halb zehn, um zehn beginnt der Termin. Von der Dusche und dem Espresso aufgeweckt, beginnt Hunter plötzlich zu erzählen. Im Flugzeug war er ungewohnt still, offenbar waren wir beide müde – aus unterschiedlichen Gründen. Stumm war Hunter wenigstens halbwegs zu ertragen.

»Tja«, sagt er und lächelt breit. »Diese Anne! Das war schon was, Watson, das war schon was.«

»Könnten wir noch mal kurz über die MAC-Klausel reden?«

Hunter winkt ab. »Das haben wir doch schon rauf- und runterdiskutiert. Was wollen Sie denn da jetzt noch bereden?«

»Die Bring Down Condition ohne Materialitätsvorbehalt werden Sie uns nicht abnehmen«, rede ich drauflos, ohne wirklich zu meinen, was ich sage. Hauptsache das Kopfkino, das soeben in mir gestartet ist, hört auf vorwärtszuspulen.

»Ach Watson, jetzt entspannen Sie sich mal.« Er kneift mir zwischen Schulter und Nacken und beginnt, mit seiner groben Hand meine Muskeln zu massieren. »Ich sag Ihnen jetzt mal was: Ich glaube, Sie müssen mal wieder ...« Er pfeift. »Vielleicht hat diese Anne ja eine Freundin. Wir sollten mal zu viert ausgehen, was sagen Sie?«

So gut gelaunt, noch bevor der Deal vom Tisch ist, habe ich Hunter noch nie erlebt.

»Das haben Sie sich verdient!« Er schlägt mir abrupt auf den Rücken, worauf ich kurz husten muss.

»Verdient? Womit?«

»Na ja.« Er fährt sich über sein frisch rasiertes Kinn. »Sie haben wirklich ein Händchen für diese App, mein Lieber.«

Die edle Innenausstattung des Konferenzsaals ändert nichts an der Tatsache, dass ich mir gerade vorkomme wie ein Zuhälter. Irgendwas ist schiefgelaufen in meinem Leben ...

Die Verhandlungen dauern bis spät in den Abend. Alles ist nach den Wünschen unseres Mandanten gelaufen, der Kaufvertrag ist unterschrieben – Menasto hat fünf weitere Grundstücke in Muskoka erworben. Laut Hunter habe ich mich »gut geschlagen«. Der Mandant ist auf Expansionskurs, und bei den nun insgesamt sechs Grundstücken in Kanada wird es für den US-Riesen nicht bleiben. Ich werde auch die weiteren Deals betreuen; Hunter ist jetzt auch jenseits von Tinder extrem auf mich angewiesen. Wenn ich mich schlau anstelle, ist die Beförderung sicher.

Eine riesige Last fällt mir von den Schultern. Zur Feier des Tages hat uns Hunter allerdings ausgerechnet in den Spa-Bereich eingebucht, und als ich nach zwei Gläsern Champagner neben ihm mit nur einem Handtuch um die Hüften auf der Massageliege abhänge, während uns zwei Masseurinnen durchkneten, verbuche ich das als einen der seltsamsten Momente meines Lebens. Mein Kopf ist nach unten gerichtet, liegt in einer freien Kuhle, und Hunter spricht davon, dass er gleich noch in die Sauna will.

Während er wie üblich versucht, mit mir durch das Thema »Frauen« zu bonden, sage ich immer weniger. Aber manche Menschen können zwischenmenschliche Signale einfach nicht deuten. Hunter redet einfach weiter.

Bevor es wirklich zum größten Schreckensszenario aller Schreckensszenarien kommt und ich mit meinem Chef in der Sauna sitze, schaffe ich es, mich loszueisen.

Zurück im Zimmer, in Spa-Pantoffeln und Bademantel auf dem Bett, öffne ich das Tinder-Profil von Anne.

Wie kann ich sie dazu bringen, die Finger von Hunter zu lassen? Ich würde ja gerne darauf hoffen, dass sie ihn von selbst fallen lässt, aber so versiert, wie mein Chef beim Daten ist, könnte das noch eine Weile dauern.

Ich öffne die Minibar, finde sogar eine kleine Dose Gin und zwar keinen Limetten-, dafür aber Zitronensaft. Mit etwas Phantasie ergibt das einen ganz guten Gimlet. Anschließend klicke ich mich durchs Pay-TV-Programm und gucke Sport. Baseball ist zwar nicht die spannendste Unterhaltung, ohne Bier und Hot Dogs eigentlich kaum auszuhalten, aber who cares.

Während das Spiel läuft, versuche ich auszurechnen, wie viele Dates ich Hunter schon organisiert habe, und komme auf knapp über hundert, bei einem bis zwei Dates pro Woche. Wie viele davon beruhten auf der irrigen Annahme, Hunter sei ein ganz normaler Typ und kein Psychopath? Bestimmt über sechzig Prozent. Höchste Zeit also, die Bremse zu ziehen. Ein für alle Mal Schluss zu machen mit dem Scheiß.

Und ich weiß auch schon wie …

KAPITEL 9
Anne

»Was?!«

»Ich versteh's auch nicht.«

»Wer tut so was?«

Ich zucke mit den Schultern. Was soll man zu so was sagen? Die Menschheit dreht halt durch.

»Zeig mal her.« Julie beißt in einen Cracker und beugt sich kauend über mein Handy. »Krass.« Sie kichert, nimmt mir das Handy aus der Hand und zoomt in das Foto hinein.

Es ist Freitagabend. Die Woche ist wie im Flug vergangen. Dieses Wochenende haben wir uns Zeit für uns genommen – Julie hat mich auf dem Weg von der Arbeit mit dem Auto abgeholt. Nach einem Spaziergang am Lake Simcoe sitzen wir jetzt in ihrem Haus auf der Couch und trinken Coy Roy. Seit wir uns einmal heftig damit betrunken haben, können wir den Cocktail eigentlich nicht mehr sehen, aber er ist mittlerweile Tradition (natürlich mit Ahornsirup).

»Penisfotos sind irgendwie so … so …« Julie ringt nach Worten. »*Retro*.«

»Retro?! Du meinst ja wohl eher psycho.«

»Das auch.« Wir blicken beide eine Weile wortlos aufs Handy. »Ich wusste gar nicht, dass es das noch gibt. Hammer.« Sie nimmt einen herzhaften Schluck von ihrem Cocktail. »Und wieso hat er überhaupt zwei Nummern? Ist er verheiratet?«

»Sah nicht danach aus. Aber wir sind nur bis zur Küche gekommen.«

»Uhhh …« Julie grinst. *»I see!«*

»… was auch hieß, dass ich so schnell wieder raus war, wie wir reingekommen sind.«

»Oh. Also war's nicht so gut?«

»Was weiß ich! Ich hab ja keine Ahnung vom Daten. Woher soll ich wissen, was normal ist und was nicht?«

»Normal gibt's nicht, Schätzchen.« Sie lutscht an einem Eiswürfel und zerkaut ihn. »Hauptsache, es fühlt sich gut für dich an.«

»Aha.«

»Hat es sich gut angefühlt?«

»Na ja …« Ja. Nein. Vielleicht?

»Na, was jetzt?«

»Ja, es war gut. Aber wie gesagt: kurz.«

»Ist er zu früh gekommen?«

»Nee, das nicht.«

»Du bist nicht gekommen?«

»Genau.«

»Hm. Das ist ja schon mal nicht so cool.«

»Ja, stimmt. Er hätte es ja wenigstens probieren können.«

»Erstens das. Und zweitens, wenn der Typ es dir nicht besorgt, dann mach's dir selbst. Beim ersten Date ist das doch Standard. Kennt doch jeder.«

»Ah ja? Wie meinst du das?«

»Na ja, du streichelst dich selbst, während er in dir drin ist.«

»Dafür bin ich zu schüchtern.«

»Ach, Anne.« Sie stupst mich mit dem Ellbogen in die Seite.

»Und was mach ich jetzt?«

»Na ja, schlecht bestückt ist er jedenfalls nicht, das muss man ihm lassen.« Sie lacht auf.

»Mich widert das irgendwie total an. Ich glaub, ich will den nicht wiedersehen.«

»Du hast zwei Möglichkeiten: Entweder du lässt dich auf das sexuelle Abenteuer ein …«

»Wie stellst du dir das vor? Soll ich ihm jetzt ein Foto von meiner Möse schicken, oder wie? Das ist doch total albern.«

»Lass mich mal ausreden hier.«

»Tschuldigung.«

»Also, das Signal ist ja eindeutig. Er will nur Sex. Und entweder du willst das auch, oder du unmatchst ihn einfach, damit er's checkt.«

»Ich will ja Sex. Aber nicht so!«

»Man kann nicht alles haben. Regel Nummer eins: *Take the best, leave the rest,* Kindchen.«

»Würdest *du* den noch treffen?«

»Ich hab Vincenzo.«

»Ich will auch jemanden wie Vincenzo. Der schickt dir ja wohl keine Fotos von seinem Schwanz, oder?«

Julie kichert nur.

»Oder, Julie?«

»Na ja …«

»Ernsthaft?«

»Nicht am Anfang, nee. Das hätte mich auch abgetörnt damals.«

»Und heute turnt dich das nicht mehr ab, oder wie?«

»Heute bin ich abgedroschener, wie du weißt.« Sie zwinkert. »Also, ich würde diesen Hunter nicht in den Wind schießen. Wahrscheinlich hat er grad an eure Nacht gedacht, als er dir das geschickt hat. Ist doch eigentlich ganz sweet.«

»Hm. Ich weiß nicht. Ist nicht so meins, wenn ich ehrlich bin. Und das Steakhaus war mir auch 'ne Nummer zu viel.«

»Ich dachte, du suchst nichts Ernstes.«

»Ja, dachte ich auch. Aber das heißt ja nicht, dass ich mit jedem ins Bett muss.«

»Ach komm. Dieser Typ ist doch nicht jeder! Immerhin hat er dich in ein top Restaurant eingeladen. Großzügig ist er auf jeden Fall. Wahrscheinlich ist auch mal eine Nacht im Hotel drin, wetten?«

»So tickst du also!«

»Ich sag's noch mal: *Take the best, leave the rest.*«

Eine halbe Stunde später stehen wir in Julies großräumiger Küche mit Blick auf ihren Garten, haben noch ein paar Cocktails gekippt und eine Flasche Weißwein geköpft und versuchen uns an einem veganen Cannelloni-Rezept. Das Gespräch wandert vom Hundertsten ins Tausendste, und schnell sind wir auch schon wieder bei unserem geliebten Thema Ahornsirup gelandet.

»Ich glaub, wenn wir nichts unternehmen, können wir einpacken, Baby. Deshalb würd ich sagen, wir nehmen das selbst in die Hand«, erklärt Julie, sichtlich angeschwipst.

Ich höre mich kichern. Schenke uns Wein nach. Denke erst, nachdem ich gelacht habe, über das nach, was Julie gerade gesagt hat. Und merke, sie hat einen Gedankensprung gemacht. Oder ich hatte einen Aussetzer.

»Was? Was nehmen wir in die Hand?«

»Na ja … die Sache mit der Fabrik natürlich. Das sind doch nicht irgendwelche Birnenblasen, wie hießen die noch mal?«

»Birnenblasenfüße.«

»Birnenblasenfüße, die die Blätter anfressen, Anne! Das ist hochgiftiges Zeug, das die Fabrik in die Luft pumpt!«

»Birnenblasenfüße!« Bei dem Wort müssen wir beide laut loslachen. Plötzlich sind Birnenblasenfüße wahnsinnig komisch. Und während ich immer wieder zu einer unkoordinierten Nachricht an Hunter ansetze, gucke ich nebenbei bei Amazon nach Wassermessgeräten.

»Über Prime könnte er in 24 Stunden da sein.«

»Wer?«

»Der hier.« Ich zeige ihr eines der Messgeräte, das mir unter den Top-Kundenbewertungen angezeigt wird. »Der PocketLab Water. Ist auch total unkompliziert. Einfach im Wasser anbringen und die App runterladen. Nur 34,99. Im Doppelpack mit dem PocketLab Air 59,99.«

»Bestell an meine Adresse. Manchmal sind die Sachen schon am nächsten Morgen da.«

»Am nächsten Morgen schon? Arbeiten die mittlerweile mit Drohnen, oder beute ich Arbeiter aus, wenn ich jetzt auf ›Bestellen‹ klicke?«

»Wollen wir stattdessen morgen zum Baumarkt fahren?«

Ich muss zugeben: Die Vorstellung ist nicht prickelnd.

»Online bestellen ist umweltfreundlicher …«, setzt Julie nach.

Ich bin zu beschwingt, um meinen Widerstand aufrechtzuerhalten. Und Julie hat recht: Die Bestellung trifft kurz nach Mittag am nächsten Tag ein. Nach einem Katerfrühstück mit veganen Burgern entscheiden wir, die Geräte erst mal in der Gegend auszuprobieren.

Es funktioniert.

Jetzt steht unserem Plan nichts mehr im Wege …

KAPITEL 10

Jonathan

»Wann sehen wir uns wieder?!«

»Wieso, wohin gehst du denn?«, antwortet mein Mitbewohner.

Wir sitzen vor dem Fernseher und gucken Terminator 2. T-1000 tötet gerade einen Polizisten und nimmt seine Identität an.

»Ich fass es nicht«, sage ich. »Da schickt man das beschissenste Penisfoto, das man so im Netz finden kann, und die Frau will einen wiedersehen.«

»Geil«, kommentiert Uno einsilbig und zieht an seinem Joint.

»Frauen lieben Arschlöcher. Frauen lieben einfach Arschlöcher. So ist es. So, und nicht anders.«

»Yeah.«

»Du redest dich dumm und dusselig, und wochenlang passiert nichts. Und dann schickst du ein Foto von deinem Teil, und du hast ein Date.«

»Du hast es drauf, Mann.«

»Sorry, aber ich versteh die Welt nicht mehr.«

»Die Welt ist … komplex, Mann. Die Welt ist komplex.«

»Fuck.« Das ist ja so was von nach hinten losgegangen. Da habe ich Anne wohl falsch eingeschätzt.

Uno reicht mir seinen Joint. Ich winke ab. Ich muss nachdenken.

Ich war mir sicher gewesen, dass Anne ab jetzt die Finger von Hunter lassen würde. Aber so scheint sich die ganze Sache nur exponentiell zu verschlimmern.

»Ich bin so ein Arsch«, stelle ich fest.

»Ja, Mann, du sagst es.«

Hört Uno mir überhaupt zu?

Ich schmeiß einen Bierflaschendeckel gegen seinen Kopf, aber er fährt sich nur irritiert durch die Haare und starrt weiter gebannt auf den Fernseher.

Ich resigniere. Vor meinem Mitbewohner und allgemein. Denke: Dem Terminator würde so was nicht passieren. Der Terminator macht immer unerschrocken weiter, sogar wenn er gerade beschossen wird. Nichts hält ihn auf.

Gut, der Terminator ist auch nicht menschlich, aber trotzdem, oder?

Auch wenn mein Mitbewohner die Hälfte des Tages nur fernschaut, hat er mehr vom Terminator als ich. Er lässt sich nämlich nicht aufhalten in dem, was er tut.

Deshalb setze ich zum Schreiben an. Eine Weile blinkt nur der Schreibbalken, ohne dass mir etwas einfällt. Aber dann plötzlich schlägt der Funke über, und die Ideen beginnen zu sprudeln. Während der Terminator gerade auf einem Motorrad davonbrettert, beginne ich zu tippen.

KAPITEL 11
Anne

»Den Grundstücksplan? Natürlich, aber wozu braucht ihr den?« Bonnies Stimme tönt durch die Freisprechanlage von Julies Auto, während wir den Highway Richtung Sugarbush Hill entlang fahren.

»Erklären wir dir dann«, sagt Julie. »Wir sind unterwegs zu euch.«

»Ach!«

»Sorry, sehr spontan. Ich hoffe, ihr seid in einer Stunde da.«

»Ich bin auf dem Sprung, aber Maxime ist da. Wenn er nicht aufmacht, ruft ihn auf dem Handy an, dann ist er in der Patisserie und hört die Klingel nicht. Aber bleibt doch den Abend über, dann sehen wir uns noch.«

»Danke. Machen wir gerne!«

»Klasse, bis später.«

Allein die vorbeirauschende Landschaft anzusehen, ist unendlich wohltuend. Ich kurbel das Fenster runter und genieße gerade den Fahrtwind, als mein Handy vibriert.

»Yes«, sage ich, die Nachricht lesend. »Er hat angebissen.«

»Wer hat angebissen? Hunter?«

»Ja.«

»Wieso, was schreibt er?«

»Er will mich wiedersehen. Heute Abend.«

»Ähm – dein Date in allen Ehren, aber haben wir nicht schon was vor?«

»Ich werde nicht hingehen. Zum Date, meine ich.«

»Ach so?«

»Der soll da ruhig auf mich warten. Das nächste Mal, wenn er sein Glied abfotografiert, überlegt er sich dreimal, ob er es an halbfremde Frauen verschickt.«

»Wie bitte?«

»Jaja, ich weiß – deiner Meinung nach soll ich das alles locker nehmen. Sex haben, loslassen … aber ich steh einfach nicht auf den, Julie. Je mehr ich über ihn nachdenke, desto mehr kotzt er mich ehrlich gesagt an.«

»Huch! Was ist zwischen gestern Abend und heute passiert? Hat er noch was geschickt, oder wieso bist du plötzlich so angenervt?«

»Nicht plötzlich. Ich fand das Date auch schon etwas seltsam. Das passte überhaupt nicht zu meinen Erwartungen. In seinen Nachrichten klang er ganz anders.«

»Ahhh … die Erwartungen sind das Problem, Honey. Von Fremden etwas zu erwarten, funktioniert einfach nicht.«

»Natürlich habe ich Erwartungen! Dass man mir kein Penisfoto schickt, zum Beispiel.«

»Guter Punkt.«

Wir lachen.

»Schick doch was Verrücktes zurück.«

»Nee, ich habe eine noch viel bessere Idee: Ich versetze ihn. Er hat mir zu viel Zeit gestohlen. Jetzt stehle ich sie mir zurück.«

»Bereitet dir das so viel Genugtuung, ja?«

»Ja!«

Julie seufzt. »Ich hab dir ja gesagt, du sollst parallel daten.

Dich so auf einen Typen zu fokussieren, kann eigentlich nur nach hinten losgehen.«

»Ich schreibe ja nebenbei mit anderen. Aber mit Hunter war's irgendwie am witzigsten. Ist auch egal. Ist ja jetzt vorbei.«

»Und wie muss ich mir das heute Abend vorstellen? Hast du einen Tisch irgendwo reserviert, er kreuzt da auf, du bist nicht da?«

»Genau. Und ich hab mir überlegt: Ich werde ihn bitten, in Reizunterwäsche zu kommen.«

Julie lacht laut auf. »Na dann … schade, dass wir nicht dabei sind. Stell ich mir unangenehm vor, als Mann in Spitzenunterwäsche rumzusitzen und zu warten.«

»Bestimmt nicht unangenehmer als ein Penisfoto zugeschickt zu bekommen.«

Als wir auf der Farm ankommen, finden wir Maxime wie erwartet in der Patisserie. Unter Bonnies telefonischer Anleitung findet er nach längerem Suchen den Grundstücksplan, und wir setzen uns mit einem Tee an den Tisch. Der Plan liegt ausgebreitet vor uns, neben einer Landkarte.

»Das hier ist die Fabrik, die schon in Betrieb ist«, sagt Maxime und malt einen Punkt zwischen Mary Lake und Timber Bay, unweit des Flusses, der die beiden Seen verbindet.

»Kommen noch weitere hinzu?«, fragt Julie erstaunt.

Ich hatte dieselbe Frage und bin entsprechend gespannt auf Maximes Antwort:

»Habt ihr's noch nicht gehört? Menasto kauft auch die alten Fischfabriken auf.«

»Die Fischfabriken? Kann man die überhaupt für Zement verwenden?«, frage ich.

»Nein, natürlich nicht. Die werden abgerissen, und neue werden gebaut.«

Julie und ich müssen diese Informationen eine Weile sacken lassen. Mehrere Zementfabriken, hier in Muskoka? Die Vorstellung ist der absolute Horror.

»Was suchen die hier? Hier ist doch überhaupt nichts los«, sage ich.

»Eben. Viel Land für wenig Geld«, sagt Maxime. »Aber mit den Details kenne ich mich nicht so gut aus. Fragt mal Bonnie, die wird euch mehr sagen können. Das ist übrigens einer der Punkte, den sie heute bei ihrem Stammtisch bespricht.«

»Was ist das für ein Stammtisch?«

»Ach, einfach ein paar Leute aus der Gegend. Die meisten sind Farmer, wie wir. Man tauscht sich untereinander aus, trinkt ein Bier … Ist nett. Aber ihr kennt mich ja. Ich verbringe meine Zeit lieber mit Anouk.«

»Oder mit deinen Torten«, werfe ich ein.

»Oder das.« Er lächelt breit. »Sagt mal, wollt ihr wirklich erst so spät los? Es dämmert ja gleich schon, ist doch bereits dunkel genug, oder nicht?«

Ich schaue auf die Dinge, die Maxime uns für später auf die Bank gelegt hat – Taschenlampen, ein Nachtfernglas, Gummistiefel, eine Zange, eine Powerbar für den Handyakku, Bärenspray. Hier in Muskoka treiben sich zwar nur Schwarzbären, keine Grizzlys herum, aber einem bei Nacht zu begegnen, wäre ungünstig.

»Ich fahr euch gerne die Straße rauf und warte auf euch, was sagt ihr? Bis ihr da seid, ist es schon dunkel. Aber dann müsst ihr nicht erst nach dem Abendessen los.«

»Gern, ja. Lass uns das so machen.« Julie nickt.

»Aber was ist, wenn jemand uns sieht?«, werfe ich ein. »Mit deinem Autokennzeichen sind wir super schnell identifizierbar.«

»Ach.« Maxime winkt ab. »Da draußen ist in der Regel niemand. Die Leute fahren nur vorbei. Ich parke einfach hinter einer Böschung.«

»Abgemacht.«

Tatsächlich färbt sich der Horizont gerade rosa, als uns Maxime an der Muskoka District Road absetzt.

»Ich fahre ein Stück weiter«, sagt er, »und schick euch meinen Standort. Viel Glück!«

Es ist schön, in dieser verlassenen Gegend spazieren zu gehen. Der Wald empfängt uns mit seinem dunklen Schatten. Bemützt und mit den Messgeräten ausgestattet, machen wir uns auf den Weg. Weiter unten am Flussverlauf und im Wald, auf Bonnies und Maximes Grundstück, sind schon seit Jahren welche angebracht. Wir wollen jetzt zusätzliche möglichst nah an der Fabrik welche installieren, um Vergleichswerte zu haben – selbst wenn der Zustand der Fische und Bäume Bände spricht, werden uns nur nachmessbare Daten bei einer Petition nützlich sein.

Es vergeht eine gute halbe Stunde, bis wir eine Gabelung erreichen.

»Wir müssen rechts lang«, sage ich.

Die Sonne geht unter, und wir knipsen die Taschenlampen an. Das Bärenspray haben wir beide griffbereit an einem Gurt um die Hüften. Beim Campen ist mir mal ein Schwarzbär begegnet, ein kleiner. Aber die lassen sich schnell verscheuchen, das war kein Problem.

Als wir den Fluss erreichen, erinnere ich mich, hier mal entlang spaziert zu sein. Aber anders als damals ist der Weg nach Norden jetzt durch ein Holzschild mit der Aufschrift *»No trespassing«* versperrt. Wir hatten mit einem Zaun und Kameras gerechnet, aber vielleicht kommen die ja noch. Wir laufen am Schild vorbei, der schmale Pfad zur Fabrik ist von dichtem Wald gesäumt und verläuft parallel zum Fluss. Es ist still, bis auf das Rauschen des Flusses. Ab und an hören wir einen Vogel. Manchmal knacken Äste. Wir halten inne und lauschen, aber außer uns scheint niemand in der Nähe zu sein.

Dann endlich kommt in der Ferne die Fabrik in Sicht: Ein riesiges graues Betonwerk, aus dessen Schornstein Qualm emporsteigt. Die gesamte Anlage ist von außen beleuchtet; bei Nacht sieht das fast malerisch aus. Es scheint kein Wachpersonal dort zu sein. Kameras hingegen können wir nicht ausschließen. Deshalb biegen wir in einem Neunzig-Grad-Winkel vom Weg ab, laufen ungefähr fünfzehn Minuten durchs Dickicht und bringen dort, an einem Baum, der an einer windstillen Stelle zu stehen scheint, das erste Messgerät an.

»Es wär gelogen, wenn ich sagen würde, ich hab keine Angst«, flüstert Julie, als wir uns auf den Weg zurück zum Pfad machen. Man sieht nur die zwei einsamen Lichtkegel unserer Taschenlampen, die den Weg unmittelbar vor uns in schwaches Licht tauchen.

»Wir sollten uns unterhalten. Das schreckt die Tiere ab«, sage ich.

»Argh, mir fällt gerade nur eins ein: Nichts wie weg hier!«

»Ich wusste gar nicht, dass du so ängstlich sein kannst«, sage ich.

»Da siehst du mal.«

»Dabei gibt es in Georgina doch auch sehr viel Wald.«

»Ja, aber da streune ich nicht nachts durch die Gegend.«

»Guter Punkt. Aber wir wollten ja demnächst mal zusammen campen gehen. Ist doch jetzt die perfekte Gelegenheit, dich abzuhärten.«

»Ich glaube, ich gehe wenn überhaupt nur glampen.«

»Was ist denn glampen?«

»Glamouröses Campen. Kennst du das nicht?« Julie zückt ihr Handy und will mir ein paar Bilder zeigen, aber ich ziehe sie weiter.

»Nicht jetzt.«

»Ah, wer hat jetzt Angst, hm?«

Wir lachen nervös. Der Rückweg erscheint uns um einiges länger als der Hinweg, dabei ist es doch eigentlich immer umgekehrt.

»Haben wir uns verlaufen?«, frage ich mich.

»Es gibt doch nur einen Weg.«

»Vielleicht haben wir nur einen gesehen …«

»Das ist jetzt nicht dein Ernst, oder?!«

Wir bleiben stehen.

»Ich hab hier kein Netz«, sagt Julie. »Schau du mal.«

Ich hole mein Handy aus der Hosentasche. Null Balken.

»Hast du auf die Karte geguckt?«, frage ich.

»Nee. Du?«

»Nee.«

Für eine Millisekunde wünsche ich mich zum vermaledeiten Hunter in die Bar, in der ich ihn versetzt habe. Gerade scheint alles besser als das hier. Es ist stockduster.

Verloren laufen wir einfach geradeaus. Irgendwo werden wir schon rauskommen, möglicherweise am Ufer. Dort werden wir uns dann orientieren können.

»Was ist das?«, fragt Julie plötzlich. Ihre Hand krallt sich um meinen Arm.

Ich blicke in die Richtung, in die sie starrt.

Ein Schatten. Ein Tier? Auf jeden Fall etwas Großes, das sich dreißig Meter entfernt aus dem Dickicht herausbewegt und auf unseren Weg tritt. Meine Hand schnellt automatisch zum Pfefferspray, während Julie schrill aufkreischt und auf dem Absatz kehrtmacht. Sie will mich mitziehen, als sie losrennt, aber ich bleibe stehen und versuche, meinen Atem zu beruhigen. Vor Bären wegzurennen, bringt nichts, sie holen einen ein.

Wenn überhaupt, dann ist es ein Babybär – was allerdings mindestens genauso gefährlich ist wie ein ausgewachsener, denn die Mutter ist meist nicht weit.

Es kommt langsam auf mich zu.

»Ist gut. Alles gut. Ich tu dir nichts«, sage ich leise und traue mich nicht, den Lichtkegel in seine Richtung zu schicken aus Angst, das Tier zu provozieren. Also warte ich, bis es nah genug ist, dass ich es erkennen kann.

Ein Waschbär.

Ein ziemlich dicker Waschbär.

»Julie! Komm zurück, es ist nur ein Waschbär!«

Neugierig läuft er weiter. Ich trete zur Seite und mache ihm Platz. Er bleibt stehen, blickt mich an. Eine Weile betrachten wir uns still. Irgendwann schnaubt er und blickt sich um. Reckt seine Nasenspitze in die Luft. Wendet sich ab und verschwindet wieder im Dickicht des Waldes.

Ich brauche mindestens zwanzig Minuten, um Julie wiederzufinden. Selbst nachdem ich ihr erzählt habe, dass es sich nur um einen Waschbär gehandelt hat, zittert sie noch.

»Ganz ehrlich«, sage ich, als wir wieder im Gleichschritt nebeneinander hergehen. »Wenn das ein Bär gewesen wäre, wärst du jetzt tot!«

»Ja wohl eher du.«

»Quatsch. Schreien und Wegrennen ist ungefähr das Schlimmste, das du bei einer Begegnung mit einem Bär tun kannst. Bei so was verbuchen die dich sofort als Frischfleisch.«

»Dann hab ich ja Glück gehabt!«

»Du bist echt unnütz hier draußen, Julie. Ich lern grad ganz neue Seiten an dir kennen ...«

»Ich kann gut mit Männern, du mit Bären. Wir komplementieren uns, Schätzchen.«

»Das war ein Waschbär!«

»Bär ist Bär.«

Wir laufen weiter und kommen schließlich an einer ganz anderen Stelle aus, als erwartet – nördlich der Fabrik. Aber jetzt wissen wir wenigstens wieder, wo wir sind. Wir gehen zum Fluss, um auch das zweite Messgerät anzubringen. Julie muss mich an den Beinen festhalten, sich mit ihrem gesamten Gewicht auf sie setzen, damit ich hinunterreichen und das Gerät im Wasser befestigen kann.

Vom Fluss aus machen wir uns auf den Weg zur District Road. Es ist schon nach neun, als wir endlich aus dem Wald heraustreten. Fast zeitgleich klingelt mein Handy. Na Gott sei Dank, ich habe wieder Empfang! Maxime, der in der letzten Stunde mehrfach versucht hat, uns zu erreichen, lotst uns zu seinem gut versteckt geparkten Wagen. Wir legen auf, als ich an sein Autofenster klopfe.

Als wir endlich auf der Farm ankommen, wartet Bonnie schon auf uns. Sie tritt auf die Veranda, lächelt erleichtert und nimmt uns kräftig in den Arm, als wir aus dem Auto steigen.

»Kommt rein«, sagt sie. »Ich mach euch das Essen warm.«

»Du hast Essen gemacht?«, fragt Maxime erstaunt, gibt ihr einen Kuss und legt seinen Arm um sie.

»Ich habe Pizza bestellt, zählt das?«

Bei Pizza und Wein erzählt uns Bonnie von ihrem Stammtisch. Es sei wohl den ganzen Abend hauptsächlich um den Ärger über Menasto gegangen, sagt sie. Morgen finde außerdem eine Protestaktion statt. »Gegen die Rodung der Bäume rund ums neue Skigelände«, erklärt sie.

»Ski?«, frage ich. »Hier ist doch alles flach.«

»Es wird ein Kinderfreizeitpark gebaut. Und im Rahmen der Bauarbeiten wurden neun Butternussbäume gefällt.«

»Und deswegen gibt es eine Protestaktion?«, fragt Julie amüsiert. »Wegen neun Butternussbäumen?«

Ich schaue Julie leicht empört an.

»Ich frag ja nur …«, murmelt sie entschuldigend.

»Für jeden gefällten Butternussbaum musst du hier in Ontario eigentlich Strafe zahlen, weil sie vom Aussterben bedroht sind«, erklärt Bonnie. »Aber Ted Zinck unternimmt nichts, weil er die Investoren nicht verschrecken will. Es ist immer dasselbe mit den Politikern.« Man merkt Bonnie ihren Ärger an.

Im Laufe des Gesprächs checke ich immer wieder die App, um zu prüfen, ob die Messgeräte tatsächlich funktionieren. Wie in der Bedienungsanleitung angekündigt, sind die Geräte nach einer Stunde konfiguriert und senden die ersten Daten.

»Und was ist eigentlich mit Menasto los? Maxime sagt, die kaufen hier noch mehr Grundstücke? Aber warum?«, frage ich nach einer Weile.

Die Pizza haben wir aufgefuttert. Maxime serviert uns als Nachtisch Joghurt mit selbst gemachter Marmelade und Baiser.

»Nun, Land ist hier günstig zu haben«, führt Bonnie aus. »Außerdem wird ja der neue Highway nach Montreal gebaut, dafür braucht es ordentlich Zement, und ein neuer Highway bedeutet mehr Handel.«

Maxime öffnet die nächste Flasche Wein. Wir sitzen noch bis nach Mitternacht zusammen und beschließen, Sonntag gemeinsam zur Protestaktion nach Williamsport zu fahren. Maxime macht uns das Gästebett fertig, damit wir über Nacht bleiben können.

Julie und ich stellen das Fenster auf Kipp und schalten das Licht aus. Die klare Luft, die hereinzieht, riecht nach Tannen.

KAPITEL 12
Jonathan

Von der Bar aus müsste ich sie eigentlich gut sehen können. Aber es ist schon nach acht, und »wir« waren um halb verabredet.

Gut, vielleicht fährt sie mit dem Uber share oder so hierher … Es wird sicherlich einen guten Grund geben, weshalb sie sich verspätet. Manche Frauen lassen die Männer ja auch ganz bewusst warten – Typen wie Hunter geschieht das recht.

In Gedanken gehe ich noch mal durch, was ich ihr sagen werde, sobald sie verstanden hat, dass sie von Hunter versetzt wurde. Erst mal lasse ich ihr einen Wein von der Bar aus zukommen. Wenn sie dem Kellner sagt, dass sie keinen bestellt hat, entgegnet dieser, dass er von dem Herrn an der Bar kommt. Sie sieht zu mir herüber, erhebt das Glas und prostet mir zu. Ich lächle geheimnisvoll. Unsere Blicke treffen sich immer wieder. Schließlich nickt sie mir zu und deutet auf den leeren Platz gegenüber. Alternativ trete ich nach einem besonders intensiven Blickaustausch an ihren Tisch und frage:

»Warten Sie auf jemanden?«

»Wie kommen Sie darauf? Sieht man mir das an?«

»Eine schöne Frau wie Sie, ganz allein? Ich bitte Sie!«

O. K. Vielleicht ist das etwas kitschig. Alternativ:

»Warten Sie auf jemanden?«

»Wie kommen Sie darauf?«

»Ich spüre intuitiv, was Frauen denken …«

Nein. Das geht überhaupt nicht! Dann lieber:

»Darf ich mich zu Ihnen setzen?«

»Ähm, ich warte eigentlich auf jemanden …«

»Wenn dieser jemand kommt, gehe ich auch wieder, versprochen.«

»Meinetwegen.«

Ja. So schon eher. Und dann kommt der eigentlich wichtige Part: Mein Einsatz. Je länger wir uns unterhalten, desto mehr wird sie sich mir gegenüber öffnen und irgendwann auch über das verpatzte Date sprechen.

Ich nippe am Rotwein. Um ja nichts vom Geschehen in der Bar zu verpassen, halte ich meine Augen auf den Eingangsbereich gerichtet und blicke immer wieder prüfend zwischen diesem und den leeren Sitzplätzen hin und her. Nach und nach füllt sich der Raum, aber keine Spur von Anne. Wo zum Teufel bleibt sie? Sie hat noch nicht einmal eine Nachricht geschickt. Ich habe ihr gesagt, dass meine alte (Hunters) Nummer nicht mehr gilt, aber es kam nichts zurück …

Nach zwei Stunden gebe ich auf. Anne ist nicht gekommen. Bin ich vielleicht aufgeflogen, und sie und Hunter haben sich abgesprochen? Wenn ja, bin ich dran.

Auf dem Heimweg kaufe ich ein Sixpack Craftbeer Flying Fuck für die WG. Unsere Vorliebe für dieses Bier ist so ziemlich das Einzige, was Uno und ich gemeinsam haben – bis auf die Wohnung.

Mein Mitbewohner liegt stoned auf seiner Matratze und liest einen Roman. Ich schmeiß ihm eine Dose Bier hin. Er versucht sie zu fangen, aber sie landet auf seinem ungeordneten Chaos an T-Shirts und Decken.

»Danke, Dude!«, sagt er und gibt mir ein Daumen-Hoch-Zeichen.

In meinem Zimmer (das übrigens euphemistisch ausgedrückt in jeglicher Hinsicht ›minimalistisch‹ ist … wahrscheinlich verbringe ich deshalb so viel Zeit im Büro, da ist wenigstens Platz) schmeiße ich mich selbst aufs Bett, ziehe meine Kopfhörer auf und öffne ein Bier. Mit *10 Stories von Aussteigern, die es geschafft haben* in den Ohren, surfe ich im Internet. Ein neuer Tweet von Anne weckt mein Interesse:

Es ist Zeit zu handeln. Morgen 10.30 h in Williamsport.
#rettetdiebutternussbäume
#muskokaresists

Ich klicke auf den ersten Hashtag und erfahre, dass morgen eine Protestaktion gegen die Abholzung von Butternussbäumen in Williamsport stattfindet. Anne wird da sein.

Und ich auch.

Am nächsten Morgen stehe ich vor dem sogenannten »Kleiderschrank« meines Mitbewohners: Im Prinzip ist das ein Haufen Kleidung auf seinem Zimmerboden. Ich war noch nie auf einem Protest, der sich für die Natur einsetzt. Mein schlechtes Gewissen, was mein nichtvorhandenes gesellschaftliches Engagement angeht, beruhige ich in der Regel durch sporadische Spenden an Wikipedia.

Ich habe mir eine Reihe Fotos von Demos angesehen. Meine Hemden und Poloshirts würden mich sofort als Outsider verraten, mein langer schwarzer Herrenwollmantel, den mir meine Mutter zu Weihnachten geschenkt hat, irgendwie auch. Aber ich muss authentisch aussehen, wie jemand, der viel Zeit in der Natur verbringt. Also angele ich mir den am gröbsten gestrickten Pullover aus dem Haufen, und außerdem ein T-Shirt mit dem Slogan »PLEASE tell me to take a HIKE«, wobei die geschwungene Aufschrift schwer lesbar ist und gegenüber dem zentralen Symbol eines Wanderers mit Wanderstock kaum auffällt. Außerdem entdecke ich noch einen ausgefilzten dünnen rotorangefarbenen Schal, den ich mir um den Hals schwinge. Rasieren werde ich mich heute nicht, und meine Haare kann ich ja etwas verstrubbelt lassen. In meinem eigenen Kleiderschrank entdecke ich noch eine alte Bluejeans und geringelte Socken. Das alles in Kombination mit meinen Sportschuhen und Unos Regenjacke, die ich mir vom Kleiderhaken bei der Tür klaue, sollte passen. Es kann losgehen!

Nachdem ich mir einen verbeulten hellblauen Vintage-Van bei einer privaten Wohnmobilvermietung geliehen habe, düse ich beschwingt den Highway 11 entlang. An einer Raststätte kaufe ich einen Duftbaum, den ich an den Rückspiegel hänge, und eine chinesische Winkekatze fürs Armaturenbrett – das hilft mir, in meine neue Rolle zu finden. Im Gepäck habe ich außerdem mehrere leere Pizzakartons, einen Filzstift und Klebeband. Sobald ich angekommen bin, schreibe ich mir einen passenden Demoslogan aufs Schild und ziehe los.

Muskoka, ich komme!

KAPITEL 13

Anne

Es sind rund fünfzig Leute gekommen. Für diese einsame Gegend ist das gar nicht mal schlecht.

Williamsport besteht nur aus einer einzigen Hauptstraße. Die Demo startet an der Kreuzung Williamsport Road/East River.

Bonnie, Maxime, Julie und ich marschieren zu einer Gruppe von Bonnies Stammtisch-Bekannten auf, Anouk im Schlepptau. Es ist zwanzig nach zehn. Eine Lokalreporterin ist gekommen und befragt ein paar Demonstranten. Manche haben Fahnen mitgebracht, andere Tröten und Schilder. Ein Demoschild fällt besonders auf, weil es überdimensional groß ist und den ausführlichen Slogan gut sichtbar darstellt:

TIRED OF FAKE PEOPLE?
SAVE YOUR NATURAL FRIENDS: TREES!

Die Hauptorganisatorinnen haben einen Lautsprecher, obwohl der wohl kaum nötig ist.

Eine NGO zum Schutz der Artenvielfalt ist ebenfalls da. Ihre Mitglieder tragen Regenjacken mit der Aufschrift »Flora et Fauna« und verteilen gegen einen Euro Pfand Kaffee in Bambusbechern.

Pünktlich um halb elf setzt sich die Gruppe in Bewegung.

Es ist ein klarer, sonniger Herbsttag. Wir laufen am Fluss entlang Richtung Nationalpark, eine lange Schlange kleinerer Grüppchen. Viele Hundebesitzer und Eltern sind darunter, die Tiere und Kinder rennen und spielen um uns herum.

Einer der Demonstranten, der vor mir läuft, verliert seinen Schal. Ich hebe ihn auf, und wir kommen ins Gespräch. Er heißt Jonathan und lebt in Toronto. Wir zwei sind vermutlich die einzigen Städter auf dieser Demo.

»Als wäre der Butternusskrebs nicht schon genug«, sagt Jonathan, als wir auf den Grund der Demo kommen. »In Ontario bleiben uns doch ohnehin nur noch ein paar zehntausend bis hunderttausend Bäume.«

»Absolut«, sage ich.

Er redet sich noch ein bisschen mehr in Rage, lässt sich über den Kinderfreizeitpark aus und endet mit den Worten: »Wenn man außerdem bedenkt, dass ein Kind mindestens 58,6 Tonnen Co_2 pro Jahr verbraucht, und man achtzig Bäume pflanzen muss, um jährlich eine Tonne Co_2 wieder zu kompensieren, dann wundert man sich, wieso das Kinderkriegen gesellschaftlich so belohnt und das Bäumefällen nicht stärker sanktioniert wird!«

Ich denke darüber nach. Seine Leidenschaft imponiert mir, aber ich finde, er übertreibt ein bisschen. »Na ja, bevor man das Kinderkriegen sanktioniert – was ja sehr schade wäre, oder? –, sollte man wohl eher die zwanzig Unternehmen stärker besteuern, die der Umwelt am meisten schaden, sprich die Öl- und Gasgiganten. Das wäre viel effektiver.«

Diese Debatte habe ich schon tausendfach geführt. Eigentlich sind sich alle Naturschützer in diesem Punkt einig: Das

Individuum kann zwar seinen Teil tun, um die Umwelt zu schützen, aber das wird nichts bringen, wenn die Industrie nicht mitzieht.

»Richtig, klar«, sagt Jonathan.

Ich blicke mich um. Ist er alleine gekommen?

Er zieht seine Jacke aus, bindet sie sich um die Hüften und krempelt die Ärmel seines ausgeleierten Wollpullis hoch.

»Hast dich aber dick eingepackt für heute«, sage ich.

»Ja. Die Zwiebeltechnik. Man weiß schließlich nie, was für ein Wetter einen hier in der Wildnis erwartet.« Er fuchtelt an seinen Ärmeln herum, die so ausgedehnt sind, dass das Hochkrempeln nichts bringt.

Na ja. Eigentlich weiß man schon, was für ein Wetter einen hier draußen erwartet; es gibt schließlich die Muskoka Wetter-App inklusive Wetterwarnung mit Push-Nachrichten. Und über das Wort »Wildnis« muss ich schmunzeln. Es klingt so touristisch »Bist nicht so oft hier, wie?« Ich schaue ihn von der Seite an.

»Doch, doch«, sagt er. »Immer mal wieder …« Er deutet mit dem Daumen hinter sich. »Mein Van und ich sind so: …« Er kreuzt Zeige- und Mittelfinger. »Aber ich muss zugeben, das letzte Mal, dass ich hier gewesen bin, ist lange her.« Er scheint in seiner Erinnerung zu wühlen. »2007 oder 2008, so um den Dreh.«

»Wie alt bist du denn?«

»Siebenundzwanzig, und du?«

»Achtundzwanzig. Und gefällt es dir hier?«

»Klar! Damals waren wir Ahornsirup probieren. Mit meinem kanadischen Großvater. Ich liebe Ahornsirup … ich wollte nach der Demo hier irgendwo Halt machen und ein paar Flaschen der Stufe A kaufen.«

»Wofür willst du die verwenden, wenn ich fragen darf?«

»Fürs Kochen.«

»Dann würde ich eher die Stufe B nehmen, die hat einen kräftigeren Geschmack und setzt sich beim Kochen gut durch. Der goldene Sirup eignet sich eher für Pancakes und so weiter.«

»Ach ja?«

»Ja. Hat dir das dein kanadischer Großvater nicht beigebracht?«

»Nein. Aber dafür hat er mir gezeigt, wie man das Innere eines Vans umbaut!«

Wir lächeln uns an. Seine Augenfarbe ist ein warmes Schokobraun. Er trägt eine runde Brille, sein Blick ist wach und neugierig, seine Haare sind glänzend schwarz, leicht gewellt und etwas zerzaust. Obwohl er einen Kopf größer ist als ich, sieht er in seiner schlabberigen Kleidung etwas verloren aus.

Wir erreichen den Arrowhead Provincial Park. Einige der Organisatoren sind mit dem Auto vorgefahren und haben beim Visitor Centre einen Tisch mit Getränken und belegten Broten aufgebaut.

Laut Plan werden wir hier zwanzig Minuten verweilen und dann zum See wandern, um dort ein Gruppenfoto zu machen.

Julie kommt mit zwei Bechern in der Hand auf mich zu und reicht mir einen davon.

»Hey«, sagt sie an Jonathan gewandt. »Ich bin Julie.«

»Jonathan.«

»Tolles Schild«, sagt sie. »Du überragst damit eigentlich alle.«

»War auch so gedacht«, entgegnet er grinsend.

»Möchtest du auch was?«, fragt Julie und hebt ihren Becher.

»Danke, ich geh selbst«, antwortet Jonathan. »Wollt ihr auch Brote?«

Julie und ich nicken. »Aber pass auf«, sagt Julie. »Die Frau da drüben mit dem Cappy ist Journalistin und sucht noch ein paar Leute, die sie interviewen kann ...« Sie deutet in Richtung des aufgestellten Tisches mit den Getränken.

Während Jonathan fort ist, nutzt Julie die Gelegenheit, um mich mit Fragen zu bombardieren:

»Wer ist das? Ihr scheint euch ja blendend zu verstehen.« Sie grinst.

»Keine Ahnung. Hab ihn hier noch nie gesehen. Ich weiß ehrlich gesagt nicht mal, was er beruflich macht. Ich sollte ihn mal fragen. Aber ich weiß immerhin, wie er heißt: Jonathan.«

»Aha. Und über was habt ihr euch die ganze Zeit unterhalten?« Julie fährt sich mit der Hand durch ihre Locken, die leicht im Wind um ihr Gesicht herumspielen.

»Über was man sich eben so unterhält«, sage ich und schaue meine Freundin wissend an. »Sei nicht so neugierig!«

»Und Hunter? Hat der sich schon gemeldet?«

»Hast du keine anderen Sorgen?«

»Jetzt sag doch mal.«

»Ich hab ihn blockiert. Hab ich dir gestern Abend doch noch erzählt.«

»Ah, ich war gestern so fertig, ich hab kaum mehr was mitbekommen.«

»Du hast übrigens geschnarcht.«

»Wer hat geschnarcht?«, fragt Jonathan und reicht uns jeweils ein verpacktes Butterbrot. »Sind übrigens alle vegan, ich hab extra gefragt.«

»Woher weißt du, dass wir vegan sind?«, frage ich erstaunt.

»Ich … ähm.« Er kratzt sich am Kopf. »Ich bin selbst vegan«, sagt er nach einer Pause. »Zumindest auf dem Weg dahin. Ja. Genau. Deshalb.«

»Hey.« Die Reporterin tritt zu uns und tippt Jonathan von hinten auf die Schulter. »Du warst eben so schnell weg.« Er wendet sich um, und sie grüßt in die Runde. »Hi! Ich bin Devon, von den *Muskoka Region News*.« Sie trägt ein dunkelgrünes Langarmshirt, High-Rise-Jeans und schwarze Boots. Ihre Haare sind weißblond gefärbt und gehen ihr bis zu den Ohren.

»Nur eine klitzekleine Frage, dann bist du mich los«, sagt sie. Sie hält ihm ihr Handy mit einem laufenden Mikrofon hin und lächelt, bevor sie mit ihrem Interview loslegt: »Du sagst, du kommst aus Toronto. Was genau führt dich hierher?«

Jonathan ist die Situation sichtlich unangenehm. »Bäume«, antwortet er einsilbig zwischen zwei Bissen.

»Sorry, ich bin nicht so gut in so was«, setzt er nach. »Vielleicht möchte dir ja Anne weiterhelfen.« Er blickt mich hilfesuchend an, aber ich verneine stumm und grinse schadenfroh.

»Bist du öfter hier? Ich hab dich bei keinem der letzten Proteste gesehen«, sagt Devon und fokussiert ihn mit ihren Argusaugen.

»Ich bin wirklich nicht so oft hier«, sagt Jonathan. »Ich war gestern in der Gegend und hab von dieser Aktion gehört.«

»Von wem?«

»Einem Weinhändler hier.«

»Welchen Wein hast du gekauft?«

»Ist das hier ein Verhör? Preiselbeerwein, wieso?«

»Ah, sorry, das gehört nicht zum Interview, das frag ich aus Eigeninteresse.« Sie zwinkert und fährt fort: »Wie ist dein Verhältnis zur Natur? Warum setzt du dich für das Wohl der Bäume ein?«

»Also, ähm, in Zeiten des Klimawandels zählt jeder einzelne Baum, oder? Und Unternehmen müssen zur Rechenschaft gezogen werden. Die Unternehmenssteuer ist schon so niedrig, wenn noch dazu bei rechtlichen Vergehen nicht hart durchgegriffen wird zugunsten einer Sache, die uns alle angeht, ist das, ähm, wie ein Griff in, ähm, Pandoras Box.«

Er schielt zu mir rüber und lächelt gequält.

»Hattest du nicht gesagt, du bist Wirtschaftsanwalt?«

»Sicher, ja. Aber ich kämpfe auf Seiten des Rechts.«

An dieser Stelle lacht Devon laut auf.

»Ich interpretiere dein Lachen als starke Skepsis«, sagt Jonathan und schmunzelt. »Ich weiß, Anwälte haben keinen guten Ruf.«

»Hätten sie vielleicht, wenn sie nicht ständig auf der Seite der Starken kämpfen würden. Was sagst du eigentlich zur Übernahme der alten Fabriken hier durch Menasto?«

Jonathan scheint der Bissen im Hals stecken zu bleiben. Er hustet und hält sich die Hand vor den Mund. »Entschuldige, ich hab mich verschluckt. Was ist Menasto?«

Devon hebt eine Augenbraue. »Ach komm, den Namen musst du doch schon gehört haben.«

Er zuckt die Schultern.

»Menasto übernimmt in der Gegend alte Fabriken, nicht gehört? Der Zementhersteller?«

»Und?«

»Das Problem liegt doch auf der Hand«, schalte ich mich ein. »Die Abgase …?« Vielleicht hilft ihm das auf die Sprünge.

In seinem Kopf beginnt es zu rattern. »Oh.«

Nachdem Devon sich verabschiedet hat, stehen Julie und ich noch eine Weile mit Jonathan zusammen und klären ihn über den Menasto-Fall auf, die Expansionspläne des Unternehmens und wie es hier schrittweise die Natur zerstört.

Als die Gruppe sich wieder in Bewegung setzt, wird Julie plötzlich so sehr von Anouk in Anspruch genommen, dass sie mit Jonathan und mir nicht Schritt halten kann und wir irgendwann zu zweit weiterlaufen.

Ein paar Minuten gehen wir einfach nur schweigend nebeneinander her. Irgendwie wirkt er vertraut auf mich, aber ich komm nicht darauf, woher ich ihn kennen könnte.

Wir überqueren einen kleinen Bach. Der Pfad geht eigentlich geradeaus, aber rechts am Ufer scheint vor Kurzem noch jemand gelaufen zu sein. Das Gras ist stellenweise platt getreten.

»Lass uns hier langgehen«, schlägt Jonathan vor.

Als ich unschlüssig stehen bleibe, weil ich den Anschluss an die Gruppe nicht verlieren will, sagt er: »Ich kenne eine Abkürzung zum See.«

Ich folge ihm also. »Scheinst dich ja doch noch gut erinnern zu können«, sage ich und ducke mich unter den Ästen eines Busches hindurch. »Bist du als Kind öfter hier gewesen?«

»Jetzt fällt mir wieder ein: Ich bin mal auf einem Camping-Trip vom Polar Bear Provincial Park hier vorbeigekommen. Muss letzten Sommer gewesen sein.«

»Oh, wow. Da war ich noch nie.«

»Da musst du mal hin. Wenn du echte Rentiere und Polarbären sehen willst.«

»Gibt's da nicht auch Wale zu sehen?«

»Theoretisch ja. Aber ich bin beim Schwimmen jetzt keinem begegnet.« Er lacht.

Der rauschende Bach wirft Wassertropfen. Das Ufer ist abgeschrägt, und zwischen Wald und Fluss bleibt kaum Platz zum Gehen. Ich versuche, immer einen Ast griffbereit zu haben, falls ich abrutschen sollte.

Jonathan verheddert sich mit seinem Pulli an einem dornigen Gebüsch. Als er sich befreit, bleiben ein paar begrünte Zweige an seinem Ärmel hängen.

Er läuft schnell. Dabei ist unser Schuhwerk überhaupt nicht rutschfest. Er trägt einfache, abgelaufene Turnschuhe, ich hingegen Trekking-Sneakers.

Wir erreichen erneut eine Brücke, überqueren diese und durchlaufen dann den Wald fernab des Pfades.

Der See kommt in Sicht. Er ist von dicht beieinanderstehenden Tannen und Laubbäumen mit rotorange leuchtenden Blättern eingefasst, die sich im klaren Wasser spiegeln. Heute ist einer dieser typischen Tage in Ontario, an denen es recht kalt im Schatten, aber sommerlich warm in der Sonne ist.

Durch das Laufen ist mir warm geworden. Ich ziehe meinen Fleecepulli aus und binde ihn mir um die Hüften; meine offenen Haare knote ich zu einem hohen Dutt zusammen.

»Da vorne ist eine schöne Stelle«, sagt Jonathan und deutet auf einen ins Wasser hineinragenden begrünten Zipfel Land.

»Ich frage mich, wo die anderen herauskommen werden«, sage ich und blicke mich um.

Die Landschaft ist nicht so flach wie die vieler anderer Nationalparks in Ontario, sondern leicht hügelig. Der windstille See vor diesem Hintergrund schafft einen schönen Panoramablick. Ich schieße ein paar Fotos und lasse mich, nachdem wir ein Stück gelaufen sind, neben Jonathan nieder.

Wir sitzen uns im Schneidersitz gegenüber, mit Blick auf den See.

»Ist doch viel besser, so ganz ohne die Menschenmenge«, sagt er, lächelt zufrieden und steckt sein riesiges Demoschild in den Boden. »Und mein sexy Schild kommt hier auch viel besser zur Geltung.«

Wieder fällt mir auf, dass er ein schönes Lächeln hat. Und wieder denke ich: Den Typen kenne ich doch von irgendwoher.

»Ich hab das Gefühl, ich kenn dich von irgendwoher«, sagt er in diesem Moment, als hätte er meine Gedanken gelesen.

»Ja, ich auch«, sage ich. »Ich wollte gerade dasselbe sagen.«

Er verengt die Augen und scheint zu überlegen. »Kennst du Betty?«

»Betty? Heißt heutzutage echt noch jemand so? Nein, kenne ich nicht, wieso? Ist das deine Großtante?«

»Haha, nee. Eine Freundin von mir. Die Freundin eines Freundes von mir, besser gesagt.«

»Nein, leider nicht.«

»In welchem Viertel wohnst du?«

»Junction. Und du?«

»Chinatown. Du gehst nicht zufällig im Little Green House zum Yoga, oder?«

»Doch!«

»Das gibt's doch nicht! Welcher Kurs?«

»Der bei David.«

»Welcher ist das noch mal?«

»Bikram-Yoga Stufe 2.«

»Oh, da bist du viel fortgeschrittener als ich.«

»Dafür brauchst du eigentlich kaum Vorkenntnisse, wenn du die normalen Yogaposen schon kannst. Ist nur etwas heißer als normal. Und in welchem bist du?«

»Ich bin schon länger nicht mehr da gewesen. Ich hab da nur mal einen Anfängerkurs gemacht. Aber da müssen wir uns wohl mal über den Weg gelaufen sein.«

»Wahrscheinlich mal an der Bar. Ich kauf mir nach dem Yoga immer einen dieser leckeren Tahini-Smoothies.«

»Ah, ja. Die sind lecker.« Er schaut mich mit freundlich funkelnden Augen an und liest einen Stein vom Boden auf, den er in den See flitscht.

KAPITEL 14
Jonathan

Ich sehe zu, wie der Stein über die Wasseroberfläche hüpft. Was ist noch mal Tahini?, frage ich mich. Und was meint sie mit »heißer als normal«?

Anne löst ihr Haar, das ihr jetzt in Wellen über die Schultern fällt. Ihre Augen sind mandelförmig und bernsteinfarben. Sie sieht wirklich aus wie auf den Fotos, wenn nicht sogar noch hübscher. Die Art, wie sie guckt, und ihre Grübchen, wenn sie lacht, machen sie noch sympathischer. Und ihre Haut ist trotz des sonnigen Sommers, der hinter uns liegt, ziemlich hell, heller als auf ihrem Profil. So ein Start-up ist bestimmt viel Arbeit.

»Was machst du eigentlich beruflich?«, frage ich und initiiere so ein Gespräch über unsere Jobs. »Meine Berufsgruppe hat keinen so guten Ruf, ich weiß«, setze ich rasch hinterher.

»Wieso, Nein … wobei, ja, stimmt.« Sie legt den Mund scheinbar in Erinnerung an etwas schief.

»Schlechte Erfahrungen gemacht?«, frage ich und hoffe, das Thema auf Hunter zu lenken.

Anstatt zu antworten, lacht sie nur auf.

»Ich habe mal eine Anwältin gedatet«, sage ich frei heraus. Es stimmt sogar. »Wir haben uns ständig gestritten. Anwälte sind ziemlich rechthaberisch …«

»Du wirkst nicht so streitlustig auf mich«, sagt sie und sieht mich prüfend an.

»Wahrscheinlich arbeite ich deshalb nur in einer kleinen Kanzlei.«

Sie lächelt mich an und gräbt ihre Hände in den Kies zwischen den Gräsern, lässt die Steinchen zwischen ihren Handflächen hindurchgleiten. »Daten sich Anwälte oft gegenseitig?«

»Kommt schon vor. Man arbeitet eben viel. Daneben bleibt kaum Zeit zum Daten.«

»Kenne ich.«

»Es gibt natürlich noch Bumble und Tinder und so weiter …« Ich beobachte sie, während ich das sage.

»Ach, Tinder!« Sie seufzt.

Wir reden über alles Mögliche – Dating, unsere Jobs, Hobbys … aber das Gespräch will einfach nicht auf Hunter kommen. Bald tauchen dann auch die ersten Demonstranten auf der anderen Uferseite auf, und wir gehen zu ihnen hinüber. Dass ich den Park vorher genauestens auf Google Maps studiert habe, hat sich wirklich ausgezahlt.

Auf dem Rückweg stellt mir Anne ihre Freunde Julie, Bonnie und Maxime vor. Und ehe ich michs versehe, stehe ich wieder vor »meinem« Van.

Die Demo ist vorbei, die Demonstranten streben auseinander und fahren nach Hause.

»Rostige Karre, wie?« Anne klopft gegen das Gehäuse. »Darf ich mal reinsehen?«

Ich öffne die Hintertüren. Das Innere des Vans ist komplett aus Holz ausgebaut – eine Bank lässt sich zu einem Matratzenlager ausklappen, gegenüber befinden sich Schubladen mit Geschirr und Kochutensilien sowie ein ausziehbarer Gasherd.

Anne klettert hinein und setzt sich aufs Sofa. »Darf ich?«, fragt sie und untersucht nach und nach den Inhalt des holzverkleideten Schrankes. »Von außen hätte man gar nicht gedacht, dass es innen so schön aussieht«, sagt sie und strahlt.

Ich parke mein Schild auf dem Dach, hüpfe ebenfalls hinein und setze mich neben sie.

»Und das hast du alles selbst eingebaut?« Sie fährt mit den Fingerkuppen über das perfekt abgeschliffene Naturholz. »Wahnsinn.«

Das Küchenregal in der WG ist letztens unter dem ganzen Zeug, das darin lag, umgekippt, weil Uno und ich beim Aufbau zu faul gewesen waren, es an der Wand festzuschrauben. Ich muss zugeben, kein großer Heimwerker zu sein – das letzte Mal, das ich gewerkelt habe, war wahrscheinlich im Kindergarten.

Man merkt Anne ein gewisses Fernweh an, als sie sagt: »Ich hab mal auf dem Dach von so 'nem Van Yoga gemacht, mit Blick auf einen Vulkan.«

»Wo?«

»In Costa Rica. Der Van gehörte einer Freundin. Die ist immer noch dort.« Sie schaut mich an. Dann wandert ihr Blick ab, und sie lacht auf. Sie deutet auf meinen Ärmel. »Dein Pulli ist echt ein Auffangbecken für alles Mögliche.«

Ich ziehe ein paar Äste aus dem groben Strick und werfe sie durch die Hintertür nach draußen. »Deine Leute warten auf dich«, sage ich und nicke in die Richtung des einzig parkenden Autos, das von der Demo noch übrig ist. Julie winkt.

»Also dann …«, sagt Anne und sieht mich wieder aus halb sehnsuchtsvollen, halb melancholischen Augen an. Der Van scheint es ihr richtig angetan zu haben … den muss ich unbedingt behalten, denke ich. »Wenn du willst, lade ich dich noch auf eine kurze Spritztour ein.«

»Ich kann die anderen schlecht warten lassen.« Sie erhebt sich vom Sofa und steigt aus dem Van.

»Ich fahr dich anschließend nach Hause. Wie wär's?«

Sie lehnt ihren Arm gegen die offene Tür. Zögernd blickt sie sich zu den anderen um. »Warte«, sagt sie schließlich.

Ich sehe, wie sie mit ihren Freunden spricht. Julie schaut immer wieder interessiert zu mir her.

Als Anne wieder zurückkommt, steigen Julie, Bonnie und Maxime mit dem Hund ins Auto.

In Gedanken gehe ich kurz die Satellitenkarte durch. Ich bin bis jetzt nur durch Muskoka gefahren und kenne mich hier überhaupt nicht aus. Aber zum Glück besteht Anne darauf, auf dem Sofa Platz zu nehmen.

»Es gibt aber keinen Gurt, also halt dich gut fest«, sage ich, als ich mich hinters Steuer klemme und im Schritttempo losfahre.

Ich schiele auf Google Maps. Zwanzig Minuten entfernt müsste es einen Parkplatz vor einem der Seen geben … aber so richtig einfallsreich ist so was natürlich nicht. Also lasse ich mir etwas Besseres einfallen …

»Warte kurz«, sage ich, als ich den Van vor einem großen Supermarkt im nächstgelegenen Ort parke.

Zehn Minuten später komme ich mit meinen Einkäufen zurück.

»Deine Einkäufe für die Woche?«, fragt Anne ironisch, als sie nach vorne späht, während ich die Tüten im Fußraum vor dem Beifahrersitz verstaue.

»Genau«, sage ich.

Die Nachmittagssonne taucht die Landschaft in ein mildes Licht. Der Weg – den es so eigentlich nicht gibt, denn ich habe nichts Konkretes geplant – führt uns durch verschiedene Ortschaften, an Äckern, Farmhäusern und einsam gelegenen Diners vorbei. Währenddessen unterhalten wir uns. Ich erfahre einiges, was ich schon wusste, aber auch Neues, wie zum Beispiel, dass sie sich kürzlich getrennt hat und eigentlich eine Weltreise geplant hatte, sich wegen des neu aufgenommenen Kredits für ihr Start-up aber dann doch dagegen entschied.

Es fühlt sich vertraut an zwischen uns – als wären wir schon öfter in diesem Van durch die Gegend gefahren.

Auf einer Landstraße biege ich links in einen Feldweg ein, bis wir eine Anhöhe erreichen. Hier parke ich.

»Ich bin beeindruckt«, sagt Anne und lächelt breit, als ich aus Ermangelung einer Picknickdecke einen kitschigen Bettbezug mit Delfinfoto – leider das Einzige, was der Supermarkt zu bieten hatte – auf der hölzernen Dachterrasse des Vans ausbreite, und anschließend meine restliche Beute aus dem Supermarkt: eine Flasche lokalen Pflaumensaft, einen Weinöffner, veganen Käse, Baguette und Kekse.

Wer hätte gedacht, dass so ein Romantiker in mir steckt?

KAPITEL 15
Anne

Zwei Delfine hüpfen vor einem neonorange-pinkfarbenen Sonnenuntergang aus dem Meer, während Jonathan im Schneidersitz die Pflaumensaftflasche aufschraubt.

Es ist still hier. In der Ferne sehe ich ein Farmhaus, zwei flache Stallhäuser und ein Silo mit einem parkenden Pick-up davor. Die Äcker im Umland erstrecken sich kilometerweit. Ab und an hört man unten auf der Hauptstraße ein Auto vorbeifahren, ansonsten nur Wind und Vogelgezwitscher aus den Bäumen, die unregelmäßig den Weg zwischen den Äckern säumen.

Wer hätte heute Morgen gedacht, dass ich am Nachmittag mit einem wildfremden Typen auf dem Dach eines Vans Rotwein, ähm ich meine Pflaumensaft trinken würde? Das sind wohl die Vorzüge des Single-Lebens – man kann offen für alles sein, was einem der Tag bringt.

Zum ersten Mal seit der Trennung von Cooper habe ich das Gefühl, dass alleine zu sein, vielleicht doch ganz cool ist. Jedenfalls nicht mehr so schmerzhaft, wie ich noch vor ein paar Wochen fand. Es geht immer besser. Auch wenn das Tinder-Date mit Hunter alles in allem enttäuschend war. Wahrscheinlich sollte ich dieser Plattform fernbleiben, die schönsten Begegnungen bringt anscheinend doch das wahre Leben.

Jonathan schneidet das Baguette in kleine Stücke und legt

sein Taschenmesser anschließend neben den ausgepackten Käse. Aber ich greife nach den Chocolate Chip Cookies. Das viele Laufen hat meinen Zuckerlevel runtergefahren.

»Sollte ich öfter machen«, sagt Jonathan und blickt sich um. Er hat sich heute Morgen eindeutig nicht rasiert, kurze Bartstoppeln säumen seinen Kiefer. Ich versuche, ihn mir mit einem Bart vorzustellen. Das sähe gut aus, zusammen mit seinen leicht gelockten, schwarzen Haaren und seinem Schlabberpulli. Er erinnert mich an einen Urlaubsflirt mit einem Backpacker vor zehn Jahren in Südamerika. Allerdings hatte der nicht so sinnliche Lippen wie Jonathan und war einen guten Kopf kleiner.

Sein Blick ist warm. Aber er hat auch etwas Mysteriöses, Nachdenkliches an sich.

»Hattest du nicht gesagt, dass ihr euren Ahornsirup aus der Gegend bezieht?«, fragt er.

»Ja, von Bonnies und Maximes Farm, wieso?«

»Hmh. Ich frag nur.«

Er stellt noch ein paar Fragen zum Thema »Menasto«, und ich erzähle ihm schließlich von den Messgeräten und zeige ihm die App.

»Zum Glück haben wir genügend Kisten Sirup vom letzten Jahr, um unseren Stand trotzdem pünktlich im November zu eröffnen. Aber wenn die Fabrik nicht aufhört, Müll zu verbrennen, müssen Bonnie und Maxime entweder umziehen oder ihre Produktion einstellen. Und wir stehen dann wieder vor der Frage, von welchem Hersteller wir unseren Sirup beziehen sollen. Das ist so was von ätzend.«

In seinen Augen erscheint wieder dieser nachdenkliche

Ausdruck. Aber er sagt nichts, sondern schneidet mir ein Stück Käse ab und schenkt uns Saft nach.

Wieder denke ich darüber nach, wie mühelos die Zeit mit ihm verfliegt. Ich habe das Gefühl, ihm vollkommen vertrauen zu können, dabei kenne ich ihn ja überhaupt nicht. Das ist fast unheimlich.

Wir sitzen noch eine gute Stunde oben auf dem Van, bis uns kalt wird. Den letzten Tropfen Pflaumensaft trinken wir drinnen auf der Sitzbank. Die Sitzbank ist so kurz, dass unsere Schenkel sich berühren. Und weil wir so nah nebeneinander sitzen, fällt mir auf, dass Jonathan nach Gras riecht. Ich mag den Geruch, der in Toronto ja an jeder Straßenecke hängt, auch wenn es Jahre her ist, dass ich einen Joint geraucht habe.

»Hast du was dabei?«, frage ich spontan.

»Was meinst du?« Für ein paar Sekunden legt sich sein Blick auf meine Lippen.

»Gras?«

Er runzelt die Stirn. »Wie kommst du …« Er bricht ab, schnüffelt dann an seinem Pulli und lacht. »Ach so! Ähm, also, leider nicht.« Er überlegt. »Fürs nächste Mal könnte ich was mitbringen … falls du Lust hast?«, setzt er nach.

Ich lasse die Frage unbeantwortet. Stattdessen taste ich seinen Pullover wieder mit meinem Blick ab. Er liegt zwar nicht gerade im Trend – er ist besonders grobmaschig gestrickt und hat ein braun-orange-grünes Streifenmuster –, aber in diesem Moment kommt er mir sehr kuschelig vor. Ich entdecke wieder ein stecken gebliebenes Zweigstückchen darin, am Ärmel, und diesmal ziehe ich es selbst heraus. Als ich meinen

Arm wieder zurückziehen will, hält er ihn fest. Erstaunt sehe ich ihn an, der Blick seiner dunkelbraunen Augen betrachtet forschend mein Gesicht. Ich fühle mich wie versteinert, weiß nicht so recht … und während ich noch denke, dass er schöne Wimpern hat, schließen sich seine Lider, und er beugt sich vor, um mich zu küssen.

Was als Nächstes kommt, gehe ich später, als ich in Maximes und Bonnies Gästebett liege, immer wieder gedanklich durch: Ich wende mein Gesicht ab, so dass Jonathan Luft küsst anstatt meinen Mund.

KAPITEL 16
Jonathan

»Tut mir leid«, sage ich. »Ich … Es …« Ich lasse ihren Arm los.

»Nein, schon okay.« Sie sieht mir nicht in die Augen und wirkt verlegen. Ich habe das Gefühl, den Moment total zerstört zu haben. Awkward.

»Keine Angst, hast nichts verpasst, ich bin eh kein guter Küsser«, höre ich mich sagen. Typisch ich. Du bist einfach nur bescheuert, Jonathan. Nur bescheuert.

Aber sie lacht. Immerhin. Sieht mich wieder an.

»Ich bin bescheuert, tut mir leid, Anne«, sage ich wahrheitsgetreu.

»Nein, nein, bist du nicht.« Für einen Moment scheint sie trotzdem um Worte verlegen. Einen Moment, der ziemlich lange dauert und dazu führt, dass sich ein unangenehmes Schweigen zwischen uns ausbreitet. »Es ist … Lass uns einfach …«

Ich hoffe, jetzt kommt nicht: Freunde sein.

»Es ist … also … schon etwas spät, und ich muss morgen echt früh aufstehen und vorher noch ein paar Mails beantworten«, sprudelt es aus ihr heraus, und dabei denke ich: Jetzt kommt sicher eine Ausrede, weshalb sie jetzt ganz schnell nach Hause muss. Ich hab den Abend versemmelt. »Ich glaube, ich werd einfach Maxime und Bonnie fragen, ob ich morgen von hier aus arbeiten kann. Oder vielleicht …«

»Vielleicht?«

»… bleib ich auch die ganze Woche hier, der Tag war … so schön …« Jetzt wirkt sie wieder sehnsuchtsvoll. »Am liebsten würde ich hier leben. Ich habe gar keinen Bock mehr auf die Stadt. Auf Kredite. Und Menasto. Und E-Mails. Irgendwie wächst mir grad alles über den Kopf.« Sie fährt sich mit der Hand durch die Haare und zieht den Mund wieder so schief, dass sich in ihrer rechten Wange ein Grübchen zeigt.

Während sie redet, spüre ich, dass ich ihr stundenlang zuhören könnte. Ich möchte einfach bei ihr sein.

Ich möchte einfach bei ihr sein?

O Gott, Jonathan, reiß dich zusammen! Frauen stehen auf Männer, nicht auf Weicheier.

Allerdings werde ich, wenn ich Anne so zuhöre, wirklich weich. Sie tut mir leid, und wenn man es recht bedenkt, bin ich nicht ganz unbeteiligt an ihrer Situation. Menasto ist mein größter Mandant. Den Brocken muss ich erst mal verdauen: Mein größter Karrieresprung in meiner bisherigen Zeit bei Donwell & Cron macht ihrer Karriere gerade den Garaus. Wer hat sich diese Story bitte ausgedacht? Manchmal denke ich, es gibt so was wie Schicksal. Wenn, dann hat es Humor.

Wir beschließen zurückzufahren. Als wir uns vor dem Anwesen ihrer Freunde verabschieden, streift Annes Hand zum Abschied kurz meinen Arm.

»Danke für die Spritztour«, sagt sie.

»Ich hoffe, ich habe dich nicht zu sehr aufgehalten. Wenn du morgen Früh zu viele unbeantwortete E-Mails hast, kannst du sie gerne an mich weiterleiten.«

»Ah ja?« Sie lacht. »Das wirst du noch bereuen.« Es dämmert bereits, und die Luft ist kühl geworden. Anne hatte keine Jacke dabei, sie trägt nur einen Fleecepulli. Ich würde ihr gerne Unos Schal um den Hals wickeln, wäre der nur nicht so dünn und absolut nutzlos.

»Nein, jetzt mal ernsthaft: Wenn es irgendwas gibt, das ich tun kann, gib Bescheid.«

Sie zögert, sagt aber schließlich: »Es gibt schon etwas. Aber ich weiß nicht, ob du … also …«

»Ich mach's«, schießt es instinktiv aus mir heraus.

»Du weißt doch noch gar nicht, was ich sagen will.«

»Egal.«

Wieder lacht sie. »Na ja, es ist nicht ganz legal. Du solltest es dir schon gründlich überlegen.«

»Willst du mich gerade etwa in illegale Machenschaften verwickeln?«

»Könnte man so sagen, ja. Hast du am vierten Oktober schon was vor?«

»Was ist das für ein Tag?«

»Kommender Freitag.«

»Da arbeite ich.«

»Könntest du dir freinehmen?«

Freinehmen ist als Wort in der Kanzlei inexistent. »Klar«, antworte ich aber nonchalant. Wenn ich schon nach Gras rieche, muss ich mich ja auch entspannt geben.

»Super!« Anne scheint sich echt zu freuen. »Wir suchen nämlich händeringend nach Unterstützung. Das ist bei solchen Aktionen super schwer.«

»Aktionen? Welchen Aktionen?«

»Wir werden die Bäume im Kinderfreizeitpark besetzen! Ich schick dir alle Infos. Bist du bei Insta?«

»Ja, unter meinem Namen«, sage ich in einer Art Halbtrance.

»Cool. Ich wusste, dass wir auf dich zählen können.« Sie klopft mir zum Abschied auf die Schulter, läuft breit lächelnd ein paar Schritte rückwärts zum Haus, bis sie sich umwendet und die Hand zum Abschied hebt.

Am nächsten Tag ist Montag, und Montag ist ein schlimmer Tag. Aber am allerschlimmsten an diesem Montag ist, dass er mich näher an den Freitag rückt.

Erstens: Wen meinte Anne mit »wir«?

Zweitens: Ich habe »Baumbesetzung« bei YouTube eingegeben, weil ich mir darunter nichts vorstellen konnte, und ein Video über eine Baumrettungsaktion von Greenpeace gefunden. Naturschutz in allen Ehren, aber das muss ein Witz sein!

»Morgen.« Sally steht mit einem Coffee to go in der Tür. »Wow, du bist vor mir hier. Hast du hier übernachtet?«

»Schlecht geschlafen«, entgegne ich mürrisch. Wer würde sich nicht rastlos hin- und herwälzen, wenn er sich dazu bereit erklärt hätte, seine Approbation als Anwalt zu riskieren, um ein bisschen Holz vor der Rodung zu bewahren? Hat hier jemand auch mal an meinen Sauerstoffhaushalt gedacht? Diese Vorstellung schnürt mir nämlich die Luft ab. »Liebe ist die dümmste Erfindung der Welt.«

»O boy, wie kommst du jetzt darauf? Was ist denn passiert?«

Ich winke ab. Schwer zu erklären, wie ich mich in eine so restlos hoffnungslose Situation manövrieren konnte.

»Hunter scheint heute Morgen auch mit dem falschen Fuß aufgestanden zu sein«, sagt Sally.

»Ich weiß. Hab auch schon zwei Mails von ihm bekommen.« Mein Chef scheint ebenfalls nicht viel geschlafen zu haben. Ob Anne gestern Abend noch bei ihm war?

»Na dann.« Sally hebt ihren Becher, als würde sie auf etwas anstoßen. »Auf in den Kampf!«

Der Tag verläuft wirklich wie eine Schlacht. Hunters Laune ist im Keller, aber ich kann ihm kein Wort über Anne entlocken – ich hab nicht mal die Gelegenheit, ihn zu fragen, denn jedes Mal, wenn ich ihn sehe, blafft er mich an und erinnert mich an ungetane Arbeit.

An diesem Tag gehe ich früher nach Hause als üblich, und sobald ich zu Hause bin, schnorre ich mir ein bisschen Weed von Uno. Als ich aufwache, ist es zweiundzwanzig Uhr, und mir klebt der Joint, den ich offensichtlich noch gedreht, aber nicht mehr geraucht habe, an der Wange. Ich schaffe es nicht mehr, mir die Zähne zu putzen, und schlafe einfach weiter.

Am nächsten Morgen trifft mich die Erkenntnis wie ein Schlag: Ich habe vergessen, meinen Wecker zu stellen. Und: Ich habe 14 Stunden geschlafen!

Es ist zehn Uhr, und ich habe fünf verpasste Anrufe von Sally und eine Mail von Hunter:

Wir sprechen uns noch.

Eigentlich sollte ich sofort aufspringen. Aber ich starre nur auf die Mail. Dann überlege ich, welche Meetings ich heute verpasst habe: Zwei Telkos mit Mandanten und ein Inhouse-Meeting der Gruppe, die am Menasto-Fall arbeitet.

Shit.

Aber mal so richtig ausgeschlafen zu haben, ist so ein geniales Gefühl, dass ich es fast nicht bereue, den Wecker nicht gestellt zu haben. Ich fühle mich wie ein schwerer, glücklicher Stein auf einem Berg Federn. Wahrscheinlich fühlt sich so Work-Life-Balance an!

Langsam stehe ich auf. Normalerweise frühstücke ich kaum, sondern hole mir nur einen Kaffee und einen Müsliriegel auf dem Weg zur Arbeit. Als ich jetzt in den Kühlschrank spähe, entdecke ich dementsprechend auch nur eine abgelaufene Milch und jede Menge Bier.

Uno schläft noch. Er ist Programmierer und arbeitet meistens nachts. Er ist ziemlich leise, ein bisschen wie ein Zwerghamster: nachtaktiv und pflegeleicht.

In den Küchenschränken sieht's auch nicht besser aus. Ich entdecke Kaffeepads – dabei haben wir nicht mal eine dafür passende Kaffeemaschine. Immer wieder setze ich zu einer Antwort-Mail an Hunter an, aber mir will nichts einfallen außer Bedrohlichkeiten wie: Lass die Finger von Anne. Und: Und ob wir uns sprechen! Aber das kann ich unmöglich absenden, denn wer soll zukünftig meine Miete zahlen? Aber ich kann an der Aktion am Freitag teilnehmen. So was wird Hunter nie und nimmer mitmachen – hier habe ich also einen eindeutigen Vorsprung. Und den muss ich mir zunutze machen. Timing ist in der Liebe alles.

KAPITEL 17
Anne

»Warum habe ich ihn nicht geküsst?«, frage ich. Es ist Sonntagabend, und eigentlich sollte ich mir den Kopf über morgen zerbrechen – montags steht immer besonders viel bei der Arbeit an. Aber ich kann nicht.

»Du stehst einfach nicht auf ihn.«

»Er ist tatsächlich ziemlich jung.«

»Ist er noch Student?«

»Nee. Er arbeitet. Als Anwalt.«

»Der auch? Das gibt's doch nicht!«

Ich höre Julie im Hintergrund mit etwas hantieren. Sie ist zu Hause, während ich in Sugarbush Hill im Gästebett liege.

»Was machst du da?«

»Ich räume auf.«

»Kommt Vincenzo?«

»Später, ja.«

»Ihr seht euch ja jetzt wirklich jedes Wochenende.«

»Er bleibt nie über Nacht.«

»Ich brauch auch so jemanden. Aber heute habe ich gemerkt, dass ich wirklich noch nicht bereit für was Festes bin. Ich musste an Cooper denken …«

»Seid ihr eigentlich noch in Kontakt?«

»Sporadisch. Wir wollen uns in den Weihnachtsferien auf einen Kaffee treffen, wenn er über die Feiertage hier ist.«

»Klingt, als ob er reden will.«

»Nee. Ist rein freundschaftlich. Ich hab ihn gefragt, ob wir uns noch mal sehen.«

»Einfach so?«

»Ja. Ich find's einfach hart, dass er plötzlich aus meinem Leben verschwunden ist. Ich würde gerne in Kontakt bleiben. Heute hab ich auch noch mal gemerkt, dass ich noch nicht bereit bin, von einem anderen geküsst oder einfach nur berührt zu werden. Es fühlt sich so seltsam an.«

»Bei Hunter war das nicht so ein Problem, oder?«

Ich überlege. »Stimmt. War's nicht. Aber nur, weil mir von Anfang an klar war, dass es nichts Ernstes war. Ich meine, come on, hast du dieses Steakhouse mal von innen gesehen? Super ekelhaft. Aber mit ihm zu schreiben, war einfach total schön. Ich kann das immer noch nicht so richtig begreifen. Es hat sich total vertraut angefühlt zwischen uns, aber als wir uns gesehen haben, war er mir vollkommen fremd.«

»Ich glaube, du brauchst einfach Zeit.«

»Denk ich auch. Sag mal, hast du Lust, nächste Woche vorbeizukommen? Ich werde von hier arbeiten.«

»Eigentlich schon. Meinst du, das wär für Bonnie und Maxime okay?«

»Klar. Maxime ist diese Woche eh auf einer Fortbildung. Und Bonnie freut sich über Gesellschaft. Sie wollte, dass ich dich frage, deshalb ruf ich auch an.«

»Ah. Cool.«

»Wenn du kommst, kannst du mir dann meine Tasche mitbringen? Hab die dummerweise nicht mitgenommen. Und vielleicht ein T-Shirt und ein paar Unterhosen?«

»Unterhosen?«

Ich muss lachen. »Ja, wenn's geht …«

»Meine?«

»Ja, wessen denn sonst? Ich hab gestern nur eine eingepackt, weil ich dachte, ich fahre heute zurück nach Hause.«

Jetzt kann Julie nicht länger an sich halten. »O mein Gott, Anne. Fahr doch einfach runter ins Dorf und kauf dir welche. Ist doch besser als meine Schlüpfer. Findest du das nicht etwas seltsam?«

»Ich benutz doch auch deine Zahnbürste, wenn ich bei dir bin.«

»Das war ein einziges Mal!«

»Gibt's hier im Dorf überhaupt so was wie ein Bekleidungsgeschäft?«

»Guck mal bei Spencers.«

»Oje, wahrscheinlich haben die nur riesige Omahosen in XXL mit Blümchenmuster und Spitze.«

»Passt doch zu dir.«

»Sehr witzig, du Kuh.«

»Jetzt sei nicht so faul. Meine Slips willst du sicher nicht haben! Stell dir einfach vor, wie oft Vincenzos Hände da dran waren.«

»Ieehh, Julie!«

»Siehste.«

»O. K., überzeugt. Ich schick dir ein Foto aus der Umkleidekabine.«

»Ich glaub, Spencers hat gar keine Umkleidekabine.«

»Jetzt weiß ich wieder, warum ich nicht aufs Land ziehen wollte.«

»Wart's nur ab. Wenn unser Laden richtig läuft und wir nur arbeiten, wirst du dich nur noch nach der Ruhe auf dem Land sehnen.«

»Hmm, ja, vielleicht. Apropos: Die Messwerte zeigen kaum einen Unterschied, hast du mal geguckt?«

»Ich hab die App noch nicht runtergeladen.«

»Der pH-Wert ist etwas saurer, aber nicht wesentlich.«

»Oh. Krass. Also vielleicht doch Schädlinge?«

»Weiß nicht.«

»Hm ... Lass uns noch mal mit Bonnie reden.«

»Ich frag sie mal und melde mich. Und was habt ihr beide heute Abend vor?«

»Na was wohl. Ich hab Essen bestellt. Bei Pataki. Die liefern jetzt auch.«

»Ach was. Du legst dich ja ganz schön ins Zeug für Vincenzo.«

Julie kichert und sagt dann: »Nee. Ich will einfach nur gut essen.«

Als wir auflegen, trete ich ans Fenster und öffne es ein wenig. Die Tage werden wieder deutlich kürzer. Aus dem Dunkel der Bäume hört man den Ruf einer Eule.

Zwei Tage später ist Julie da. Sichtlich genervt schlägt sie die Tür zu ihrem Auto zu und begrüßt mich mit einem knappen »Hi«.

»Was ist denn mit dir los?«

Sie trägt ein dickes Haarband, was sie nur an Tagen tut, an denen sie schlecht gelaunt ist und ihre Welt im Chaos zu versinken scheint und sie dann vor lauter Stress zusätzlich noch von ihren Haaren genervt ist.

»Bad Hair Day«, erklärt sie kurz angebunden, drückt auf den Autoschlüssel, um den Wagen zu verriegeln, und marschiert ins Haus, wo sie sofort in eins der Paar Stiefel schlüpft, die in der Garderobe zuhauf bereitstehen. »Können wir kurz spazieren gehen?«

Es ist halb zwölf. Den Morgen habe ich damit verbracht, mit unserem ITler einen Webseitenfehler zu beheben. Mein Nacken schmerzt vom ununterbrochenen Starren auf mein Handyscreen.

»Ich wollte jetzt eigentlich noch nicht Pause machen«, sage ich etwas grummelig. »Die Website spinnt immer noch, und Chris müsste jederzeit anrufen.«

»Das kann er doch auch machen, wenn wir unterwegs sind«, sagt Julie. »Außerdem kannst du da grad doch sowieso nichts ausrichten. Ich wollte mit dir die Arbeit besprechen, nichts Privates. Oder so halb. Ach bitte, komm kurz mit! Ich muss mal frische Luft schnappen. Ich war eben bei einem super ätzenden Beratertermin, und außerdem hatte ich gestern noch so 'nen Ärger, ich muss dir das eben erzählen.«

»Was war denn so ätzend an dem Termin?«, frage ich, als wir in Gummistiefeln und Mänteln dem gewohnten Pfad in den Wald hinein folgen.

»Ach, mal wieder so ein alter Bauer, der sich beratungsresistent zeigt. Wär ich weiß und ein Mann, hätte der mir richtig zugehört. Aber so ... Der wollte nur mit meinem Chef sprechen, hat ständig gefragt, wann der denn mal vorbeikommt. Dabei macht mein Chef längst keine Beratung mehr, sondern kümmert sich nur um die Unternehmensstrategie. Der ist aus dem Kerngeschäft längst raus. Aber egal, darüber wollt ich auch gar nicht reden. Es geht um die Designs, Anne. Ich habe Mist gebaut.«

Wir erreichen eine Gabelung, an der wir links abbiegen. Immer wieder wandert mein Blick hinauf in den grauen Himmel. Heute Früh hat es genieselt, deshalb habe ich vorsichtshalber einen Schirm eingepackt. Der Boden ist noch feucht vom Regen. Durch die hohe Luftfeuchtigkeit riecht der Wald besonders aromatisch. Ich bekomme sofort Lust, den ganzen Tag zu wandern und mir anschließend mit Julie einen Film anzusehen, mich in eine Decke einzuwickeln und Kakao zu trinken. Aber Julies Gedanken reißen mich aus meinen heraus:

»Ich hoffe, du bist jetzt nicht sauer.« Sie bleibt stehen und sieht mich an. Ich tue es ihr gleich und bekomme kurz Angst, dass etwas wirklich Schlimmes passiert ist. »Ich hab mit dem Designer geschlafen!« Sie vergräbt ihr Gesicht in den Händen und späht durch ihre Finger.

Ich muss kurz nachdenken. Designer? Welcher Designer? Es gibt so viele Männer in Julies Leben. Moment. Warte …

»Aber jetzt nicht der, für den wir uns entschieden haben, oder?« Wie hieß der noch mal? Max. Max Irgendwas.

Anstatt zu antworten, senkt Julie ihre Hände und guckt zerknirscht.

»Scheiße, Julie.«

Wir gehen weiter.

»Ja, es ist so was von scheiße, Anne! Es tut mir so leid, ich … der ist richtig sauer auf mich. Hätte ich gewusst, dass … Ich hätte nie was mit dem angefangen.«

Sogar an einem Bad Hair Day sieht meine Freundin noch

auffallend gut aus: Das strahlende Weiß ihrer Augen und Zähne, die hohen Wangenknochen, die feine, gerade Nase, ihre Rundungen, die Wildheit ihrer Haare, durch die das Gold ihrer Ohrenpiercings schimmert … sie ist schön, und sie weiß genau, dass ihre Ausstrahlung andere Menschen schnell in ihren Bann zieht.

»Was hast du denn gemacht?«

Sie stöhnt entnervt auf. »Wir haben zweimal miteinander geschlafen, erst bei ihm, dann bei mir. Und …«

»Warte mal. Heute ist doch erst Dienstag. Wann ist denn das Ganze passiert?«

»Das erste Mal am Donnerstag. Das zweite Mal Montagabend. Jedenfalls hab ich dir ja erzählt, dass Vincenzo Sonntagabend noch vorbeigekommen ist, ne?«

»Ja. Und?« Ich bin ganz Ohr.

»Na ja, und Vincenzo hat sein Handy bei mir vergessen und ist deshalb Montagabend noch spontan vorbeigekommen. So was macht er eigentlich nie.«

»Und weiter?«

»Ach, das war so dumm, Anne, ich sag's dir. Ich wusste nicht, dass Vincenzo kommt, aber ich hab zu Max gesagt, dass ich noch arbeiten muss, was auch stimmte, und er ist dann los, und gerade, als er aus der Tür geht, hält Vincenzo vor dem Haus. Die haben sich quasi die Klinke in die Hand gegeben, das war so weird. Es sah echt so aus, als hätte ich das getimed. Jetzt sind beide super sauer auf mich, jedenfalls meldet sich Max nicht mehr wegen der Designs, er hat nur kommentarlos 'ne Rechnung für das Logo geschickt und antwortet nicht mehr auf meine Nachrichten, was natürlich super scheiße ist, weil ich jetzt nicht weiß, wer den Rest vom Marketing machen soll, außerdem haben wir jetzt umsonst fürs Logo bezahlt. Und als ich Vincenzo gefragt habe, wann wir uns wiedersehen, meinte er nur, dass er die nächsten Monate verreist ist.«

»Mist.«

»Es tut mir ehrlich leid.«

»Na ja, das war ja abzusehen.«

»Nicht wirklich. Ich hab mich einfach verschätzt. Normalerweise sind so Typen wie Max richtig hartgesotten. Woher hätte ich ahnen sollen, dass den das so kränkt?«

»Na ja, komm. Sowohl Max als auch Vincenzo haben doch eher große Egos …«

»Gerade deshalb.«

»… und die sind nun mal auch schnell gekränkt.«

»Meinst du, Vincenzo ist wirklich verreist?«

»Woher soll ich das wissen? Du kennst ihn besser als ich.«

»Er ist noch nie so lange verreist.«

KAPITEL 18
Jonathan

Ich bin der einzige Mann im Café. Sonst nur Frauen mit Kindern oder Laptops. Als ich vor der Glasvitrine stehe und die Auswahl an Kuchen und Sandwiches betrachte, bin ich latent überfordert – Zitrus-Zucchinikuchen, Limettentarte mit Eischnee aus Kichererbsen, Brownies, Käsekuchen ohne Käse … Ich bestelle der Einfachheit halber einen doppelten Espresso und setze mich auf den einzigen freien Platz, einen Ohrensessel in der Ecke. Es ist kurz nach eins. Mein Handy habe ich zu Hause gelassen. Ich habe Sally geschrieben, dass ich krank bin, und Hunters Nachrichten schlicht ignoriert.

Das Black Sheep ist ein kleines Café mit einer Terrasse in einem efeuumrankten Innenhof. Heute ist es allerdings etwas zu kalt, um sich rauszusetzen. Drinnen ist es weniger besonders – eine kleine Theke, ein paar Tische und Sessel, alles gemütlich, aber recht minimalistisch, bis auf eine Wandlampe in Form eines schwarzen Schafes.

Ich greife zu einer Frauenzeitschrift und blättere darin herum. Allein dabei lerne ich schon ziemlich viel über Frauen – sie zerbrechen sich viel zu sehr den Kopf über Männer! Jeder zweite Artikel handelt von Sex oder Liebe oder die richtige Kommunikation in der Beziehung. In einem weiteren Artikel mit Fotostrecke unter dem Titel »Umzug ins Grüne«, ist ein Paar in einem Haus in der Natur abgebildet – der Mann trägt ein Holzfällerhemd, hat einen Bart und einen Zopf. Auf den

Fotos sieht man das Paar schreinernd oder eigenes Gemüse anpflanzend. Eine Art Modern Living im Vorort, also ungefähr so, wie ich mir die Hölle vorstelle, aber egal. Der Typ hat genau den Stil, den ich mir aneignen sollte, denke ich. Das würde ganz gut zu meiner neuen Aktivistenidentität passen.

Ich überlege. Der ganze Tag steht mir frei. Ich sollte meine Social-Media-Profile aktualisieren. Aber dafür muss vorher noch eine kleine Verwandlung her …

Eine halbe Stunde später stehe ich in einem Outdoorgeschäft und lasse mich von einem Verkäufer beraten, dessen Fitness ich im Verhältnis zu meiner auf 10 zu –0,5 schätze. Ich sollte mal wieder, ähm … mehr Gewichte heben? Klettern gehen? Vielleicht etwas mehr tun, als am Schreibtisch zu sitzen und nur einmal die Woche mein Cardioprogramm am Laufband abzuziehen? Das würde mir sicher auch dabei helfen, die nötigen Muskeln aufzubauen, um nächste Woche auf einen Baum zu klettern … wobei sich Muskeln sicher nicht so schnell aufbauen lassen, aber egal. Ich ärgere mich. Über mich selbst. Anwälte wären in der freien Natur sofort Frischfleisch.

Nachdem ich verschiedene Paar Wanderschuhe anprobiert habe, suche ich mir wahllos ein paar Pullover und Hemden heraus, aber ehe ich in der Umkleidekabine verschwinde, eilt der Verkäufer herbei und berät mich.

Das Ergebnis der Beratung ist, dass ich am Ende aussehe wie sein unsymmetrischer Zwilling, nämlich zwei Nummern kleiner – Baumfällerhemd, darüber ein blauer Pullover mit Reißverschluss. Allein besehen sähe ich gut aus, aber neben ihm schneide ich … wahrscheinlich eher schlecht ab.

»Ich sollte mehr Sport machen«, erkläre ich. »Kennst du eine gute Kletterhalle?«

Er empfiehlt mir zwei. Als ich anschließend an die Kasse gehe, um dasselbe Outfit in gleich mehreren Farben und Ausrichtungen zu kaufen, inklusive Wanderschuhe, nenne ich das einen effizienten Shoppingtrip. Vielleicht sollte ich meinen Hang zum Onlineeinkauf überdenken.

Ich habe mich für die Woche krankschreiben lassen – das erste Mal seit Berufseinstieg. Die nächsten drei Tage verbringe ich damit, mir Klettervideos anzusehen und in der Kletterhalle zu üben, an Wänden hinaufzukraxeln. Die Halle hat weiche Matten auf dem Boden und kurvige Wände verschiedener Steillagen und Längen, die von bunten Hand- und Fußgriffen durchsetzt sind, und sieht ein bisschen so aus wie eine Höhle mit Konfetti. Eine sehr nette Kursleiterin namens Maria hat sich bereit erklärt, mir spontan ein paar Stunden Einzelunterricht zu geben.

Als Erstes lerne ich die richtige Dehn-, Fuß- und Armtechnik, dann das richtige Atmen. Am ersten Tag schaffe ich es tatsächlich, eine mittelschwierige Wand ganz hochzuklettern, doch erst am dritten Tag machen wir uns daran, die Seiltechnik zu erproben: Das richtige Anbringen der Ausrüstung, sicheres Stürzen und die Kommunikation mit dem Seilpartner stehen an der Tagesordnung.

»Und vergiss nicht: Nicht klammern. Locker lassen. Das geht sonst zu sehr in die Arme«, erinnert mich Maria nach unserer letzten Session und wünscht mir noch viel Glück bei der Demo.

Ich schüttele meine Arme. Der Muskelkater von gestern ist immer noch nicht weg. Meine vom Chalk weißen Hände haben innerhalb der wenigen Tage eine dicke Haut an Fingerkuppen und Handballen gebildet – immerhin, keine Schreibtischhände mehr!

KAPITEL 19
Anne

»Erwischt!«

Julie war kurz auf Toilette und steht jetzt hinter mir und späht auf mein Handy, das ich vor Schreck sinken lasse.

Es ist fünfzehn Uhr, und Julie und ich haben uns am Ende so in die Arbeit vertieft, dass wir vergessen haben, zu Mittag zu essen. Gegen die Küchenfenster trommelt ein schwacher, aber unaufhörlicher Regen. Bonnie ist mit Anouk beim Tierarzt und hat uns vorher eine tiefgefrorene Buchweizenlasagne von Maxime rausgestellt. Die ist längst aufgetaut. Den Ofen habe ich eben angeschmissen. Jetzt wird es halt ein frühes Abendessen statt ein Mittagessen. Auch gut.

»Wer ist das? Zeig noch mal.«

»Hab ich mich eben auch gefragt. Man erkennt ihn kaum.« Ich halte mein Handy wieder hoch.

»Ahhh, krass! Ist das der von Sonntag? Der sieht ja richtig gut aus.«

Wir starren auf den Bildschirm: Jonathans Twitter-Profil zeigt einen verschmitzt lächelnden braunhäutigen Mann mit Stoppelbart und glänzend schwarzem Haar in einem schmeichelnden kakhigrünen Baumfällerhemd. Über dem Foto hat er ein Banner angebracht: #muskokaresists. Sein Hintergrund zeigt ein Bergmassiv. An seinen Tweets merkt man, dass er sehr aktiv ist und gar nicht mal so wenige Follower hat, die sich wie er für den Naturschutz einsetzen, seine Tweets retweetet und engagiert kommentiert haben. Seine Haare sehen um einiges weniger zauselig aus, und ohne den schrägen Schal und Riesenpulli sieht man nun auch seinen dichten Bartwuchs am Kehlkopf und den Ansatz von etwas Brusthaar. Auf dem Foto sieht er um einiges männlicher aus, als ich ihn in Erinnerung habe, und ich bekomme sofort Lust, ihm zu schreiben.

Doch Julies knurrender Magen hält mich davon ab. »Hunger?«, frage ich.

Sie nickt, woraufhin ich mein Handy weglege, aufstehe und die Lasagne in den vorgeheizten Ofen schiebe.

Wir arbeiten bis spät in den Abend hinein, trinken noch kurz einen Tee mit Bonnie und fallen dann tot ins Bett.

Am nächsten Tag, früh am Morgen, kurz nachdem ich noch im Bett Followerin von Jonathan auf allen Kanälen geworden bin, followed er mich zurück und schreibt mir auf Instagram:

Hey Anne! Wir sehen uns Freitag?

Ich habe sofort das Gefühl, dass heute ein guter Tag wird. Hey, schreibe ich. Ja, auf jeden Fall. Ich hatte dich in den E-Mail-Verteiler mit reingenommen. Hast du die Mail mit allen Infos, Treffpunkt usw. bekommen?

Ja. Danke. Ich freu mich drauf. Was machst du heute Schönes?

Leider steht viel Arbeit an, seufz. Aber ansonsten ist es schön hier auf dem Hof.

Also immer noch dort?

Ja. Und du?

Ich bereite mich auf Freitag vor;)

Was gibt's da vorzubereiten? Bastelst du wieder ein riesiges Schild? :)

Haha ... vielleicht!

Ich bin gespannt. Mach eins für mich mit!

Be careful what you wish for!

Ich google ihn, um nachzusehen, für welche Kanzlei er arbeitet. Aber als ich sein LinkedIn-Profil aufrufe, werde ich nach meinem Passwort gefragt, das mir gerade nicht einfällt. Und im selben Moment pusht sich die Mail einer potenziellen Investorin auf meinen Bildschirm.

Ich schreie vor Freude auf: Unser Pitch hat ihr super gefallen, vor allem Julie und ich als Team haben sie überzeugt, und sie schlägt einen Call mit uns vor, hat uns drei Termine zur Auswahl gegeben.

»Was, was ist?« Julie steht in ein Handtuch gewickelt und mit einem Frotteetuch-Turban auf dem Kopf in der Tür zum Schlafzimmer.

Als ich ihr von der guten Nachricht erzähle, hüpfen wir vor Freude auf und ab.

Das ist ein guter Tag.

»Auf euch, meine Lieben!« Bonnie erhebt ihr Glas und wir stoßen an. Es ist erst halb fünf, aber sie hat auf Sekt und Kuchen bestanden.

Die frisch geköpfte Flasche steht auf dem gedeckten Küchentisch. Während draußen die Bäume ihre Äste im Wind schütteln, ist es drinnen in der Küche wohlig warm und riecht nach Apfeltarte; Bonnie hat eine tiefgefrorene von Maxime aufgebacken.

»Na ja, eigentlich ist es noch zu früh zum Anstoßen«, merke ich an und schiebe mir ein Stück warmen Kuchen hinter den kühlen Schluck Sekt.

»Jetzt erklärt es mir mal genau«, sagt Bonnie, die sich ein paar Krümel von ihrer Bluse streift. Ihre Wangen sind rosa von der Ofenwärme, die noch ausstrahlt.

Julie berichtet Bonnie davon, dass wir überlegen, aus unserer Idee eine Art »Franchise« zu machen, also unser Produkt gleich in mehreren Cafés zu verkaufen. Und dafür brauchen wir eine Investitionsspritze.

»Aber die Ernte vom nächsten Ahornsirup ist ja überhaupt nicht gesichert«, sagt Bonnie und runzelt die Stirn. »Sobald diese Investorin mal in die Lokalnachrichten von Muskoka schaut, wird sie sofort verstehen, was hier los ist.«

»Das stimmt«, sagt Julie und zwirbelt an einer ihrer Locken.

»Die Gespräche befinden sich ja ohnehin noch ganz am Anfang«, sage ich. »Es ist nicht selten, dass Investoren noch mitten in den Verhandlungen abspringen.«

»Woher weißt du das?«, fragt Julie.

»Aus meinem Ratgeber für Start-ups«, sage ich und lächle überlegen. »Solltest auch mal reinlesen.«

»Angeber«, sagt Julie. »Und wieso trinken wir dann Sekt, wenn eh noch alles offen ist?«

»Hab ich doch eben gesagt«, erwidere ich. »Aber wenn Bonnie feiern will, sagt man halt nicht Nein, oder?«

»Ach.« Bonnie macht eine wegwerfende Handbewegung. »Meiner Erfahrung nach kommen die Dinge meist genau so, wie sie sollen. Bleibt dran, dann wird es schon klappen. Und wenn's die nicht wird, dann eine andere.«

»In dem Sinne …« Julie will uns allen nachschenken.

»Hey, Julie, wart mal. Wir müssen heute noch arbeiten. Ich bin schon angeschwipst. Wie soll'n das gehen?«

»Ich muss auch noch ein bisschen Papierkram erledigen«, sagt Bonnie und lacht. »Nicht, dass ich nachher noch eine Million Tortenverpackungen bestelle anstatt hundert.«

»Ja, so eine Null-Taste hat man mit ein bisschen Sekt intus schon mal schnell mehrfach gedrückt«, bestätige ich grinsend.

»Ich stell den Sekt für später in den Kühlschrank, wie wär's? In drei Stunden gibt es ja schon wieder was zu essen.«

»Können wir helfen?«, frage ich. »Du verpflegst uns hier wie in einem Bed & Breakfast, ich fühl mich schon ganz schlecht deshalb.«

Bonnie steht auf. »Wo hatte ich denn … ah, hier.« Sie legt den Sektverschluss auf die Flasche und sieht von mir zu Julie und wieder zurück. »Kommt gar nicht in die Tüte! Ich spiel zwischendurch gerne mal Mama für euch.«

»Meinst du, Bonnie und Maxime haben sich bewusst gegen Kinder entschieden?«, frage ich Julie später ganz nebenbei, als wir am Wohnzimmertisch in der ersten Etage sitzen und arbeiten.

Julie zuckt mit den Schultern. »Keine Ahnung. Glaub schon. Bonnie meinte mal, Maxime sei ihr Kindskopf genug.« Sie schmunzelt.

Später beim Abendbrot will ich Bonnie direkt fragen, tu's dann aber doch nicht. Irgendwie ist die Frage blöd, oder vielleicht traue ich mich auch nicht aus Angst, sie könnte denken, ich würde denken, in ihrem Leben fehle etwas; das will ich auf keinen Fall. Ihr Leben ist so voll – wieder einmal bin ich an diesem Abend fasziniert davon, wie viel sie tut, auch für die Region hier.

»… auch der Tourismus wird den Bach runtergehen, wenn es so weitergeht«, schließt Bonnie ihre gewohnte Wuttirade über Menasto. »Man fragt sich wirklich, was die Politik sich bei der ganzen Sache eigentlich gedacht hat.«

»Nichts natürlich«, sage ich. »Das war einfach Lobbyismus. Die denken nur an die nächste Wahl.«

Während Julie und Bonnie weiter diskutieren, schiele ich schnell auf mein Handy, das vibriert. Auch wenn es keinen Anlass dazu gibt, hoffe ich instinktiv, dass Jonathan mir geschrieben hat. Aber es ist nur der Warnhinweis, dass mein Akku nur noch fünf Prozent hat. Mit Blick auf mein Handy fällt mir etwas ein:

»Bonnie, kann ich dich kurz was fragen?«

Bonnie, die gerade vom letzten Stammtisch erzählt, hält inne. »Ja, klar, schieß los.«

»Julie und ich haben ja Messgeräte oben im Fluss und im Wald angebracht. Aber die Ergebnisse sind total nichtssagend. Jetzt fragen wir uns natürlich, warum.«

»Oh. Willst du mir das mal zeigen?«

Ich hole mein Handy hervor, öffne die App und lege das Handy auf den Tisch.

»Jetzt tu nicht so, als könntest du mit den Daten was anfangen!«, kommentiere ich und grinse, als Julie über das Handy gebeugt ins Grübeln gerät. »Du hast ja nicht mal die App runtergeladen. Weißt du überhaupt, was ein pH-Wert ist?«

»Sehr witzig«, erwidert sie.

»Ah je, das ist ja wirklich höchst seltsam«, sagt Bonnie und nimmt das Handy in die Hand. Sie zoomt an die Ziffern heran, als hätte sie nicht richtig gelesen, und legt das Handy schließlich verdutzt aus der Hand. »Ich war überzeugt, dass es die Fabrik ist. Ich war mir so sicher! Und Carlyle hat beim Stammtisch noch gesagt, mit den Daten in der Hand stehen die Chancen gut, dass unsere Petition durchkommt.«

»Du hast beim Stammtisch von unserer Aktion erzählt?«

»Nicht von euch, nein. Ich hab nur erwähnt, dass Maxime und ich versuchen werden, Daten zu liefern. Eure Namen habe ich absichtlich nicht ins Spiel gebracht. Ich möchte nicht, dass ihr hier Ärger bekommt. Wenn, dann geht das auf Maximes und meine Kappe.«

»Bist du sicher, dass die Zahlen stimmen?«, frage ich mit einem Funken Hoffnung.

»Wieso sollten sie nicht stimmen? Zahlen lügen nicht.« Bonnie seufzt tief. »Jetzt fängt die Suche nach der Ursache wohl wieder von vorne an. Ich kann es nicht fassen.«

Wir schauen uns an. Und schließlich spricht Julie die Frage aus, die uns allen auf den Lippen liegt, die aber keine so richtig aussprechen mag, weil es so wehtut zu akzeptieren, dass unsere Mühen umsonst waren: »Was machen wir denn jetzt?«

KAPITEL 20
Jonathan

Freitag.

Der Tag aller Tage.

Ich komme mir vor wie ein Einbrecher im Morgengrauen, als ich um vier Uhr durch die Straßen zum Parkhaus des Autoverleihs husche. Den Van habe ich mir gleich für zehn Tage ausgeliehen, denn bei Anne weiß man ja nie – vielleicht ist nächste Woche eine Grizzlibärenrettungsaktion im Yukon geplant oder so. Für diesen Fall der Fälle hätte ich dann immerhin schon mal das passende Gefährt, wenn auch noch nicht den Todeswahn.

Der Duftbaum von letzter Woche hängt noch am Rückspiegel. Aber dass auch die goldene Winkekatze noch auf dem Armaturenbrett steht, überrascht mich. Entweder leiht sich niemand außer mir diese rostige Karre aus, oder die Leute, die sich den Wagen ausgeliehen haben, stehen auf so was.

Das Auto hat nicht mal ein Radio. Also lege ich mein Handy auf den Beifahrersitz und spiele meine nichtexistente »Country-Road«-Playlist ab beziehungsweise tippe einfach »Folk Music« in die Suchbar und nehme das Erstbeste. Oder was hören Umweltaktivisten auf dem Weg zur Baumrettung? Indie? Während mir Spotify Vorschläge macht, klicke ich mich im Laufe der Fahrt von einem Song zum nächsten und lande irgendwann bei etwas, das ungefähr so klingt, als säße Uno stoned auf dem Mars und würde uns Erdbewohner mit einem universumstauglichen Lautverstärker um Hilfe rufen – drumherum noch ein bisschen Galaxieschrott, das in die Umlaufbahn geraten ist und immer wieder vorbeisaust. Ich markiere mir einen Song nach dem anderen per Klick auf die Herzchen als Favorit und stelle mir so eine Playlist zusammen, die zumindest originell ist.

Au Mann, ich war schon lange nicht mehr so aufgeregt. In meinem Magen ist nicht mal Platz für einen Tim Horton's Kaffee, wobei ich nach einer Stunde Autofahrt dann doch merke, dass ich Hunger habe. Ich greife in meine Bauchtasche – ja, auch so was gehört jetzt zu meinem neuen Ich – und ziehe einen Proteinriegel hervor, den ich fahrend versuche aufzubeißen.

Ein paar hirnerschütternde Songs später parke ich auf demselben Parkplatz wie letzte Woche. Ein Auto steht schon dort, der Fahrer sitzt am Steuer und liest etwas auf seinem Handy. Nach einer Weile steigt er aus und klopft an meine Scheibe. Ich kurbele das Fenster runter, und wir kommen ins Gespräch. Er heißt Tom. Wir unterhalten uns übers Klettern, wobei ihm, vermute ich, schnell klar wird, dass ich blutiger Anfänger bin. Tom bietet mir an, ein Tandem zu bilden, doch ich lehne freundlich ab. Schließlich habe ich vor, mit Anne auf einen Baum zu klettern – weshalb sonst bin ich hier? Wir unterhalten uns aber noch eine Weile, und währenddessen füllt sich der Parkplatz mit Autos.

Es ist frisch, so früh am Morgen. Der Himmel ist blaugrau, und es geht ein leichter Wind. Der Freizeitpark befindet sich östlich des Nationalparks, aber wir müssen von hier aus durch den Wald, zu einem Zaun, in den jemand aus der Gruppe diese Woche schon ein Loch geschnitten hat. Das habe ich eben erst von Tom erfahren – somit habe ich mich also bereits für Vandalismus mit strafbar gemacht. Das schlechte Gefühl, das mich zunehmend beschleicht, weicht der Freude, als ich Anne sehe. Sie ist in Begleitung ihrer Freundin. Beide lächeln, als sie mich sehen, Julie hebt die Hand, Anne kommt auf mich zu.

»Hey«, sagt sie. Sie trägt die Haare zu einem hohen Dutt zusammengebunden, aus dem sich ein paar Strähnen gelöst haben, und hat leichte Ringe unter den Augen. Bin wohl nicht der Einzige, der letzte Nacht Lampenfieber hatte.

»Hey.« Geht es nur mir so, oder ist die Stimmung zwischen uns ein wenig angespannt? Es wird auch nicht besser, als ich sie zur Begrüßung kurz umarme. Sie wirkt etwas steif, obwohl sie lächelt und erfreut wirkt, mich zu sehen. Vielleicht ist sie aber auch einfach nur aufgeregt wegen der anstehenden Aktion – wie wir alle wahrscheinlich.

»Na, wo ist dein Schild?«

»Du meinst wohl Schilder.« Ich zwinkere. Ich zwinkere immer, wenn ich nervös bin, und je bewusster ich mir dessen werde, desto nervöser werde ich.

»Ich hab dich fast nicht wiedererkannt.« Sie gestikuliert in Richtung meines Barts und meiner Mütze.

»Bin ja inkognito hier.«

»Sind wir alle.« Sie grinst und schlägt sich die Kapuze einer Regenjacke über, die viel zu groß für sie erscheint. Bei dem flüchtigen Gedanken daran, dass sie sich die Jacke von einem Mann geborgt haben könnte, werde ich eifersüchtig. Aber zumindest kann ich mir sicher sein, dass es nicht

Hunter ist, denn für so eine sportliche Jacke ist er viel zu gelackt.

Die Gruppe setzt sich in Bewegung. Julie gesellt sich zu uns. Es ist sechs Uhr. Um sieben werden die Bauarbeiter ihre Arbeit aufnehmen, bis dahin müssen wir in Stellung sein.

Gut zwanzig Minuten laufen wir durch den Wald. Bis auf leises Gemurmel und Ästeknacken ist es still.

Der Schnitt im Zaun ist kaum sichtbar und so klein, dass ihn auch ein Tier verursacht haben könnte. Wir sind zu zwölft; nacheinander steigen wir hindurch, während einer immer für den nächsten den Draht aufgeklappt hält.

Auf dem Weg unterhalten Anne, Julie und ich uns über ihr Unternehmen. Julie erzählt mir, dass sie ihre Tätigkeit derzeit querfinanziert – sie arbeitet nebenher noch als Agrar-Beraterin. Anne hingegen hat einen Kredit aufgenommen. Wir reden über Geld, ein lästiges Thema, man muss es ja ständig verdienen und hat trotzdem nie genug. Als ich das sage, und Julie mir beipflichtet, stöhnt Anne genervt auf. »Was soll ich denn bitte sagen? Wenn schon eine Beraterin und ein Anwalt nicht genug haben …«

»Du bist halt arm, finde dich damit ab«, sagt Julie spaßend und knufft sie in die Seite.

»Arm, aber sexy«, ergänzt Anne trotzig.

»Das stimmt«, sage ich und sehe, wie Anne unter ihrer Regenkapuze lächelt. Aber vielleicht bilde ich mir das auch nur ein.

Die Baustelle kommt in Sicht – eine bereits gerodete, mehrere tausend Quadratmeter große Fläche, auf der ein paar Bagger und ein Dixiklo stehen. Die Bäume, die als Nächstes abgeholzt werden sollen, sind bereits mit neonorangefarbenen Punkten markiert. Dem Umfang ihrer Stämme nach zu urteilen, sind sie alle um die zwanzig bis fünfzig Jahre alt – sie dem Erdboden gleich zu machen hingegen, dauert nur wenige Minuten.

Ich würde Anne gerne fragen, ob sie mit mir ein Tandem bilden will, aber ich zögere zu lange, und als wir alle unsere Ausrüstung aus den Rücksäcken holen, ist sofort klar, dass Julie und Anne zusammenbleiben werden, sodass ich mich nach einem Partner umsehen muss. Doch in letzter Sekunde sagt Julie etwas zu Anne, was ich nicht höre, und geht weg. Anne ruft ihr hinterher, doch Julie läuft hartnäckig weiter und teamt sich mit einer anderen aus der Gruppe zusammen. Anne und ich wechseln einen Blick; sie wirkt verloren und schüttelt resigniert den Kopf. Julie ruft meinen Namen und bedeutet Anne und mir, uns zusammenzutun. Kluge Frau, diese Julie.

Anne verliert nicht viele Worte, sondern schleudert mithilfe einer Seilschleuder ein langes Seil hoch in die Luft und über einen Ast. Daran bindet sie dann ein dickeres Seil, das sie mithilfe des dünneren nun über den Ast ziehen kann. Eins der Enden verknotet sie mit einem weiteren Seil, das sie um den Bauch des Baumes gebunden hat, dann gurtet sie sich selbst am anderen Ende fest und steigt mithilfe einer Steigklemme Stück für Stück nach oben. Ich merke sofort, dass sie das schon öfter gemacht hat, denn sie kraxelt geschmeidig wie eine Spinne hinauf. So erreicht sie zügig den ersten dicken Ast, auf dem sie Platz nimmt.

Jetzt bin ich dran.

Aber schon als ich das Seil hochschleudere, kommt es wieder zurück, ohne sich um den Ast gelegt zu haben, und klatscht mir ums Gesicht.

Das hier ist echt was anderes als in der Kletterhalle. Ich vermisse die bonbonfarbenen Halterungen, an die man sich so easy hängen und auf die man so leicht treten kann. Plötzlich erscheint mir das Hallenklettern wie ein Spaziergang, während das hier … Ich schaue nach oben.

Anne feuert mich an: »Du schaffst das!«

Das gibt mir Mut. Ich versuche es erneut, und diesmal klappt es. Ich knote mich fest und steige in die Steigklemme. Nach nur zwei Zügen fange ich an herumzubaumeln. Meine Finger verkrampfen sich; ich muss warten, bis ich wieder still hänge.

Als ich mich umsehe, sitzen alle übrigen schon auf den Bäumen. Ich blicke auf meine neue Sport-Armbanduhr: 6:57 Uhr. Bauarbeiter sind noch keine in Sicht, aber dennoch, mir rennt die Zeit davon.

»Es tut mir leid!«, rufe ich nach oben.

»Jonathan!«

Scheiße, ist das peinlich. Gefühlt starren mich gerade alle an. Aber egal.

Mir ist irgendwie übel. Vielleicht hätte ich doch frühstücken sollen … oder auf diesen Proteinriegel verzichten. Oder früher mit dem Klettern beginnen sollen, dann würde sich jetzt nicht dieser fiese Muskelkater bemerkbar machen und mir das Gefühl geben, halb gelähmt zu sein.

Sport ist anstrengend. Und Aktionismus erst recht.

Ich raffe mich auf und schaffe noch einige Meter, aber dann mache ich den Fehler, nach unten zu sehen – Mann, wie hoch ich schon bin. Und das ist erst maximal ein Drittel. Wieso müssen diese blöden Bäume auch so hoch sein? Bange sehe ich zu Anne rauf, die ziemlich besorgt zu sein scheint. Sie denkt bestimmt, ich bin ein Versager. Mist. Meine Höhenangst habe ich unterschätzt.

Ich überlege.

Was soll ich tun?

Wenn ich oben ankomme, wird es auch nicht besser werden. Auf diesem Ast zu sitzen … diese Vorstellung gefällt mir gar nicht.

Also seile ich mich wieder ab und versuche, Annes enttäuschten Gesichtsausdruck möglichst auszublenden und meine Schamgefühle zu unterdrücken.

Als ich unten bin und Gott sei Dank wieder festen Grund unter den Füßen habe, tue ich das Einzige, das mir übrig bleibt: Ich suche mir einen Platz unweit der anderen auf dem Boden. Dort packe ich mein Schild aus – ich habe tatsächlich wieder eins gebastelt –, stecke es in den Grund und setze mich im Schneidersitz daneben.

WIR LASSEN UNS DIE ZUKUNFT NICHT WEGBAGGERN!

ES GIBT KEINEN PLANETEN B!

Wer hier Bäume fällen will, muss erst mal an mir vorbei!

KAPITEL 21
Anne

Ein Bus nähert sich, zwei Bauarbeiter steigen aus und entdecken uns natürlich sofort. Ratlos bleiben sie stehen und unterhalten sich. Beide holen ihr Handy hervor, der eine beginnt zu telefonieren.

Jonathan ist der Einzige, der sich nicht an die Abmachung hält und stur auf dem Boden neben seinem Riesenschild verweilt. Meine Rufe ignoriert er.

Der Ablauf stand in der Mail: Auf keinen Fall in greifbarer Reichweite sein, weil einen sonst die Polizei direkt abführt und der Protest nichts bringt. Für alles über zwei Meter fünfzig braucht die Polizei eine Spezialeinheit – und bis die kommt, dauert es erst mal. Die Arbeiten aufzuhalten, ist der Sinn des Ganzen, und wer sofort abgeführt wird, ist für die Aktion eigentlich unbrauchbar.

Aber die Würde, mit der Jonathan sein Schicksal erträgt, ist dennoch beachtlich. Als die Polizei anrückt und sich ein Bild von der Lage verschafft, bleibt er stoisch sitzen. Einige von uns filmen die Szene: wie er die Polizisten auf sich zukommen sieht, das Schild in die Hand nimmt, hochhält und deutlich ruft: »Es gibt keinen Planeten B!«. Ein Polizist entreißt ihm das Schild, während der andere ihm die Hände auf dem Rücken dreht und ihn ruppig auf die Knie zwingt. Während Jonathan in schmerzlich gekrümmter Haltung in Richtung Einsatzwagen abgeführt und schließlich mit heruntergedrücktem

Kopf hineinbugsiert wird, hört man ihn unerlässlich brüllen: »Wer Bäume fällt, der mordet!«, »Save the future, save the trees!« und »Ihr Schweine!«

In sicherer Entfernung sitzend, muss ich trotz des Mitleids schadenfroh schmunzeln. Irgendwie gefällt Jonathan mir immer besser.

Nachdem der Einsatzwagen mit ihm abgefahren ist, passiert gut drei Stunden nichts mehr, außer dass die Bauarbeiter damit beginnen, weiter entfernt stehende Bäume zu fällen. Wind kommt auf, und durch den Mangel an Bewegung wird es richtig kühl hier oben. Für diesen Fall bin ich natürlich vorbereitet. Ich hole meine Thermoskanne mit Tee hervor und knipse meine Fußwärmer an, die ich sonst nur im tiefsten Winter bei Minus zwanzig Grad benutze (Notiz: Wer auch immer diese Wärmer erfunden hat: Danke!)

Einige von uns unterhalten sich über die Bäume hinweg, aber mir wird schnell langweilig. Julie sitzt ein paar Bäume entfernt, zu weit, um mich richtig mit ihr zu unterhalten. Also checke ich meine Mails und versuche zu arbeiten, aber mit einer Hand zu schreiben – mit der anderen halte ich mich am Ast fest – ist zu umständlich. Ich ziehe meine Kopfhörer über und höre mein Hörbuch über Veganismus und seine Vorteile für das Klima weiter, das den schönen Titel *Veg mit den Klimasünden* trägt.

Und dann, nach gefühlten Stuuuunden, rückt die Spezialeinheit an. Die Einsatzkräfte gelangen mithilfe von Drehleitern zu uns hinauf. Es läuft alles ziemlich friedlich ab, die meisten von uns kennen das schon: Rein in den Rettungskorb, Arme auf den Rücken, runter und rein in den wartenden Polizeibus. Diesmal gebe ich mir keine Mühe, meine Festnahme zu filmen und großartig Parolen zu brüllen, das letzte Mal ist dabei nämlich mein Handy auf den Boden gefallen und der Screen zersplittert. Außerdem höre ich schon die anderen ordentlich Lärm machen. Eine hat es sogar geschafft, einen Ast weiter nach oben zu klettern und von dort aus das Geschehen zu filmen.

Die Stimmung im Bus während der Fahrt zur Polizeistelle ist gelöst. Vor allem wir Frauen sind alle froh, wieder im Warmen zu sein, aber wir sind auch stolz darauf, durchgehalten und den Leuten, die hier aus Profitgier die Natur verwüsten, die Stirn geboten zu haben – egal wie klein die Aktion auch war, und egal, ob am Ende der Freizeitpark gebaut wird oder nicht. Jeder soll wissen: Wir sind hier. Und was hier passiert, ist uns nicht egal. Und wer hier Bäume fällt, kriegt es mit uns zu tun, auch wenn wir ein ziemlich friedlicher Haufen sind.

In der nächstgelegenen Polizeistation in Huntsville angekommen, werden uns unsere Habseligkeiten abgenommen, und wir müssen in einer Gruppenzelle warten, bis wir nacheinander aufgerufen werden. Unsere Personalien werden nur aufgenommen, wir bekommen nicht mal einen Eintrag ins Führungszeugnis. Im Anschluss erhalten wir unsere Sachen wieder zurück und dürfen gehen.

Wir kennen die Polizisten hier, und sie kennen uns. Einer von ihnen ist sogar der Großcousin einer Aktivistin, der natürlich manchmal nicht vermeiden kann, gerade dann im Einsatz zu sein, wenn wir wieder »zuschlagen«. So ist es tatsächlich schon mal passiert, dass er sie festnehmen sollte – er hat es am Ende einen Kollegen machen lassen, aber sich so gegenüberzustehen, war schon seltsam für beide.

Es ist schon halb sieben, als wir alle endlich die Polizeistation verlassen. Es hat geregnet, der Boden glänzt nass. Ich habe einen Bärenhunger, und Julies Schweigen nach zu urteilen, sieht's bei ihr nicht anders aus – wenn Julie Hunger hat, wird sie erst mal quengelig, dann stumm, als würde sie plötzlich auf Stand-by schalten. Vielleicht hat Jonathan doch alles richtig gemacht, der sitzt wahrscheinlich schon zu Hause im Warmen und isst zu Abend, denke ich gerade, als mich Julie anstupst und mit dem Kinn Richtung Parkplatz weist – Jonathans Van steht da.

Im selben Augenblick öffnet sich auch schon die Tür, und ein ziemlich fertig aussehender Jonathan tritt heraus und winkt. Dann verschwindet er im hinteren Teil des Vans und kommt mit seinem Schild wieder heraus, das er zur Begrüßung hoch und runter schwenkt. Er lächelt müde, aber zufrieden.

»Leute, kommt her!«, ruft er und winkt uns zu sich.

Die hinteren Türen stehen offen, und der Blick in den Van zaubert ein Lächeln in unsere Gesichter: Jonathan hat mehrere Kisten Bier gekauft, und Donuts. Gierig machen sich alle darüber her, und während die anderen aufgeregt durcheinanderreden, kommt Jonathan auf mich zu. Seine Augen glänzen euphorisch, und für einen Moment verliere ich mich in ihrem Dunkel.

»Na?«, sagt er und drückt mir ein Bier und einen Schoko-Donut in die Hände.

»Hast mich einfach versetzt«, sage ich und beiße in den Donut. Lecker.

»Das stimmt.« Er sieht mich entschuldigend an. »Aber ich hab einfach schlapp gemacht.«

»Waschlappen.« Ich stupse ihm meine Bierflasche in die Seite.

»Aber für meine erste Aktion doch wohl nicht schlecht, oder?«

»Das Beste an dir ist immer noch dein Schild.« Die Worte sind mir einfach so rausgerutscht.

»Danke, wie nett von dir«, sagt er und grinst.

»Gern geschehen.« Ich grinse zurück. »Das kommt davon, wenn du mich stundenlang allein auf einem Ast rumhocken lässt …«

»Moment mal, das war jetzt aber kein Date, oder?« Er lächelt verführerisch. Gott, seine Lippen … Ich nehme noch einmal einen kräftigen Bissen vom Donut.

»Nee, natürlich nicht …« Ich schaue weg und fixiere irgendeinen Punkt am sich verdunkelnden Himmel.

»Cheers.« Jonathan prostet mir in Ermangelung einer Entschuldigung mit seiner Bierflasche zu.

Unsere Flaschen klinken aneinander.

»Du schuldest mir aber noch was«, sage ich.

»Schon wieder?«

»Was heißt hier ›schon wieder‹?«

»Das letzte Mal, dass ich dir meine Hilfe angeboten habe, ist noch gar nicht lange her.«

»Du hast aber nicht wirklich geholfen.« Ich schaue ihn herausfordernd und mit einem breiten Lachen an. Der Zucker und der Alkohol erreichen mein Blut; langsam fällt die Anspannung von mir ab.

»Also …« Für einen Moment fehlen Jonathan die Worte. »Und was ist damit?« Er hält seinen angebissenen Donut hoch. »Zählt das gar nicht?«

Jonathan hat die ganze Gruppe verpflegt, das muss man ihm lassen. Aber es gibt da trotzdem noch etwas, bei dem er mir behilflich sein kann.

»Könntest du Julie und mir noch ’ne Spritztour geben?« Ich nicke in Richtung des Vans.

»’ne Spritztour? Wohin?«

»Warte mal kurz – Julie!« Ich rufe nach ihr, aber sie ist so in einen Flirt mit Logan – dem Sportlichsten aus der Gruppe, Typ »Ich-trinke-morgens-erst-mal-einen-Proteinshake« – vertieft, dass sie mich nicht hört. Ich bahne mir einen Weg zu ihr hin und tippe ihr auf die Schulter. »Kann ich dich mal kurz sprechen?«

Julie löst ihren Blick nur widerstrebend von ihrem Gegenüber und sieht mich ungeduldig an. »Was gibt’s denn?«

Ich greife sie am Unterarm und ziehe sie ein Stück zur Seite. »Hast du Bock auf ein Wochenende im Spa?«

»Was? Wie …«

»Ich hab doch noch einen Gutschein, von Cooper, für das Devine Lake Spa Hotel.« Die Idee gefällt mir mit jeder Sekunde besser. Ein Wochenende mit Julie, ein warmes, flauschiges Bett, Schwimmen, Frühstück im Zimmer und Abendessen mit Blick auf den See …

Julie hebt die Augenbraue und scheint zu überlegen.

»Was gibt’s da zu überlegen?«, frage ich.

Sie schaut mich mit einem undefinierbaren Ausdruck an. »Ähm, willst du da nicht lieber mit Jonathan hin?« Sie blickt zu ihm rüber, und dann wieder zu mir, und wirkt ernsthaft erstaunt.

»Was? Wieso das denn?« Der Gedanken entzündet einen heißen Funken in meiner Magengegend, erscheint mir aber im Augenblick total abwegig.

Julie sagt nur: »Okay, klar, gerne! Wollen wir vorher noch zu Bonnie und unsere Sachen abholen? Jennifer ist mit dem Auto hier und könnte uns fahren, hab eben schon gefragt. Aber sie will so in zehn Minuten los.« Meine Freundin zieht ein enttäuschtes Gesicht.

»Jonathan würde uns auch fahren, denke ich. Und was willst du bei Bonnie abholen? Wir haben doch unsere Handys, und – Achtung – diesmal habe ich sogar Unterhosen!« Ich klopfe auf meinen Rucksack. »Allzeit bereit.«

Julie lächelt amüsiert. »Du hast den schon krass gefriendzoned, was?« Sie schaut wieder zu Jonathan rüber und lacht. Dann küsst sie mich auf die Wange. »Freu mich. Lass gleich mal zusammenpacken. Kann ich jetzt wieder …?« Sie blickt zu Logan, der immer noch mit einem Bier da steht und wartet.

»Jaja, ich lass dich. Aber sag mal, um wie viel Uhr wollen wir ungefähr los?«

»Frag doch mal Jonathan, ob ihm das überhaupt passt und wann er fahren will. Ich bin flexibel.«

Es vergeht noch eine gute Stunde, während der wir weiter Bier trinken und quatschen. Jonathan wirkt etwas enttäuscht, dass ich das Wochenende schon verplant habe, aber wir machen aus, uns nächste Woche auf einen Wein in Toronto zu treffen. Die Gruppe löst sich auf; Stück für Stück verabschieden sich die Mitglieder unserer Protestaktion, bis nur noch Julie, Jonathan und ich übrig sind. Julie nimmt sofort auf der Sitzbank im umgebauten Hinterraum des Vans Platz.

»Mega«, sagt sie und sieht sich um.

Jonathan verspricht, langsam zu fahren, warnt Julie aber auch, sie möge sich richtig festhalten, der Van sei eigentlich nur als Zweisitzer gedacht.

»Teil dir doch den Sitzplatz vorne mit mir«, schlage ich vor.

»Das geht nicht«, sagt Julie und grinst mich an, wobei sich ihre Nase, in der ein kleines, goldenes Piercing sitzt, kraus zieht. »Was ist, wenn die Polizei uns erwischt? Hier hinten sieht mich keiner, außerdem ist's hier ziemlich gemütlich, vielleicht leg ich mich hin.«

»Die Polizei lässt uns heute, denke ich, in Ruhe. Die hatten mit uns ja schon genug zu tun«, sage ich, merke aber, dass meine dickköpfige Freundin ihren Entschluss gefasst hat.

Wir fahren los. Jonathan spielt eine freakige Playlist ab, während er fährt und ich uns zum Hotel navigiere. Die Vordersitze sind vom hinteren Raum durch eine Gardine getrennt, die ich zurückziehe, damit Julie was mitbekommt, aber sie liegt längst auf der Bank und döst.

Die einbrechende Dunkelheit legt sich wie eine Decke über den Tag. Die Lichter entlang der Landstraßen könnten Sterne sein, die das Rostbraun und Grün der sich ringsum erstreckenden Wälder glänzen lassen. An einem verregneten und aktionsgeladenen Tag wie diesem hat der Abend etwas Beruhigendes, und gerade kann ich mir nichts Schöneres vorstellen, als zu baden und mich dann in ein warmes Hotelbett zu legen.

Wir erreichen den vertrauten Abschnitt der District Road 10, fahren an der Einfahrt zur Sugarbush-Farm vorbei und weiter die Straße runter. Auf der Deer Lake Road biegen wir links Richtung See ab, der bald zwischen den Bäumen in der Ferne in Sicht kommt. Ich navigiere uns zum Parkplatz vor dem Hotel – ein schlichter hölzerner Häuserkomplex mit spitzen grünen Dächern, dessen Fassade mit weißgerahmten Fenstern besetzt ist.

Jonathan blickt zum See und dann zum Hotel, und dann zu mir. Keiner von uns sagt was, bis er sich räuspert. Aber bevor er zum Sprechen ansetzt, sage ich rasch »Danke«, beuge mich so weit es mein Gurt erlaubt vor und umarme ihn.

»War ein guter Tag mit dir, Anne«, sagt er und hält mich für ein paar Sekunden länger in der Umarmung, als es für Freunde üblich wäre. »Möchtest du vielleicht erst mal reingehen und fragen, ob die überhaupt ein Zimmer freihaben? Oder hast du vorher angerufen? Ich kann solange warten.«

Ich schnalle mich los. »Julie, ich geh mal kurz …«, sage ich und drehe mich um.

Aber da ist niemand.

Die Bank ist leer.

Kein Rucksack.

Nichts.

Ich öffne sofort die Tür, steige aus, scanne die Landschaft nach meiner Freundin ab und rufe ihren Namen. Aber außer dem Nachhall meiner eigenen Stimme herrscht nur Stille ringsum. Der finstere See kräuselt sich unter dem Eindruck des Windes, die Baumwipfel tanzen leise.

Ich stapfe zur hinteren Ladetür des Vans und öffne sie.

Schaue sogar unters Auto. Laufe ein Stück zurück die Straße hoch, während ich ihre Nummer wähle. Aber nur die Mailbox geht ran. »Hi Lovelies, hier ist Julie Jones, bin grad beschäftigt. Hinterlasst mir eine Nachricht, ich rufe zurück.« Der Piepton ertönt, aber ich bin grad zu sprachlos, um etwas zu sagen.

Der Pfad ist nicht beleuchtet, und das Licht des Hotels reicht nur bis hier. Ich drehe mich um, da kommt mir Jonathan entgegen. »Wo ist sie? Ist sie …?«

»… während der Fahrt herausgesprungen und hat sich dann wie in einem Actionfilm auf die Seitenspur abgerollt? Pfff!« Ich stöhne genervt auf.

»Dann ist sie …«

»Ja, irgendwo hier.« Ich rufe sie noch ein paarmal, gebe es dann aber auf. Denn tief in mir drin weiß ich ja schon längst, was Julie mir damit sagen will.

»Heißt das …?«

»Ja.«

Jonathan lächelt überrascht auf. »Hast du …?«

»Lust?«

KAPITEL 22
Jonathan

Wir durchschreiten den Hoteleingang. Die ganze Front ist aus Glas, so dass man von innen einen direkten Panoramablick auf den See hat. Auf dem dicken Teppich geradezu auf die edle Rezeption zuzusteuern, an einer Sitzecke mit Kamin vorbei, gibt mir das Gefühl, zurück in der Zivilisation, aber auch ein wenig unpassend gekleidet zu sein. Der Rezeptionist steckt in einem Anzug, während Anne und ich ziemlich verlottert aussehen. Der gemütliche Kaminduft und irgendein hochkarätiges Raumspray oder Reinigungsmittel machen mir plötzlich bewusst, dass hier einer von uns – oder vielleicht sogar wir beide – stark nach Schweiß riecht. Deshalb bleibe ich vorsichtshalber einen halben Meter vor dem Empfangstresen stehen.

Das Check-in verläuft reibungslos, wir müssen nur zwanzig Minuten warten, während unser Zimmer hergerichtet wird. Währenddessen redet Anne kaum. Mir scheint, sie ist von ihrer spontanen Einladung überfordert, und als wir dann unser Schlafzimmer betreten – auf dem Bett steht ein Begrüßungskorb mit einer kleinen Sektflasche, Obst und Schokolade – verstummt sie ganz. Sie wendet die »Welcome to Devine-Lake Resort & Spa-Hotel«-Karte mit einem Aquarellbild vom See gedankenverloren in ihren Händen hin und her.

Währenddessen sehe ich mich um. Das Zimmer liegt mit

Blick auf den Wald. Es ist holzvertäfelt, dabei aber nicht altmodisch, sondern modern eingerichtet. Die große Fensterfront ist schwarz gerahmt, etwas abseits neben dem Bett steht ein Sekretär mit Glasplatte. Das Licht im Bad ist dezent und stimmungsvoll, die Dusche eine in der Decke eingelassene Kopfbrause, aus dem Wasser wie ein Regenschauer herabprasselt. Ich bin versucht, die gleich auszutesten, aber als ich zurück ins Zimmer gehe und Anne immer noch dort steht, mit der Karte in der Hand, zögere ich. Vielleicht sollte ich sie das Wochenende allein verbringen lassen, schießt es mir durch den Kopf. Vielleicht ist es ihr plötzlich doch zu viel mit mir.

»Anne …«

»Ja?« Sie sieht auf, aber auch wenn ihre Augen auf mich gerichtet sind, scheint sie durch mich hindurch zu sehen.

»Bist du sicher, dass du mich dabei haben willst? Ich meine, du könntest das ganze Bett für dich allein haben.« Ich deute auf die Queensize-Matratze mit den vielen einladenden dicken Kissen.

Sie verzieht den Mund zu einem Lächeln, das ich nicht deuten kann. Ihr Zopf hat sich halb gelöst, ihr Pferdeschwanz liegt ihr im Nacken. Dicke Strähnen fallen ihr ins Gesicht. Das ganze Blut scheint sich in ihren Lippen zu sammeln, die unwirklich rot in dieser Blässe wirken.

Ich lese meinen Rucksack vom Boden auf und schultere ihn. Momentan scheint mir sogar meine WG in Toronto attraktiv, Hauptsache duschen, rede ich mir ein, und versuche meine Enttäuschung hinunterzuschlucken. Ich bin selbst schuld.

»Nein, wieso … warte«, sagt sie, kommt zu mir und streift mir den Rucksackgurt von der Schulter. »Wolltest du etwa gehen?« Sie täuscht eine leichte Empörung vor und zieht die Augenbrauen böse zusammen.

Manchmal verstehe ich Anne nicht. In einem Moment gibt sie mir das Gefühl, Luft zu sein, und im nächsten fühle ich mich ihr wieder ganz nah.

Mein Rucksack gleitet zu Boden, gefolgt von Unos Regenjacke, denn Anne beginnt mich zu entblättern, bis ich mit nacktem Oberkörper dastehe. Als sie mich umarmt und ihre Finger meine Haut berühren, kann ich nicht anders, als ihr die Haare aus dem Gesicht zu streichen und mich leicht zu ihr hinunterzubeugen, um ihr damit zu sagen, dass ich sie küssen will. Wieder lächelt sie, und diesmal ist sie es, die den letzten Schritt geht: Ihre Lippen streifen meine erst sanft, dann legen sie sich zu einem warmen Kuss darauf. Die Art, wie ihre Hände dabei an meinem Oberkörper entlanggleiten, treibt mir eine aufgeregte Hitze in den Körper. Ich bin mit allen Sinnen bei ihr, sie riecht so gut.

Der Kuss ist magisch. Als hätten wir nie etwas anderes zusammen gemacht. Und unter den zarten Berührungen spüre ich immer wieder eine Art Wut, oder Leidenschaft, etwas Ungestümes, das mir gefällt.

Meine Hände gleiten unter ihr Top, ich spüre, wie ihre Bauchmuskeln durch die Berührung zucken, fast schreckhaft. Deshalb ziehe ich sie doch wieder zurück, küsse Anne auf die Nase und die Stirn und umarme sie, streiche über ihren Rücken. In dieser Umarmung bleiben wir eine Weile, bis ihr Magen sich meldet und knurrt.

»Hunger?«, frage ich. Ich küsse ihren Nacken. Meine Nase gerät in ihren Zopf und vernimmt einen Restduft ihres blumigen Shampoos.

Sie gibt verneinende Laute von sich, aber ihr Magen widerspricht.

»Wie wäre es, wenn du zuerst duschen gehst? Ich kann uns währenddessen Essen aufs Zimmer bestellen. Ist ja nicht so, als hätten wir schicke Klamotten, um ins Restaurant zu gehen …« Ich klatsche gegen meine sexy Bauchtasche.

»Ich hab schon Kleidung zum Umziehen da, du nicht?«, murmelt sie, und ich kann ihren Atem an meiner Brust spüren.

»Doch, doch, aber nichts – du weißt schon – Feines.«

Sie beugt ihren Oberkörper nach hinten, um mich ansehen zu können. »So halb nackt gefällst du mir eh am besten.«

»Ich weiß nicht, ob die Kellner das genauso sehen …«

Sie schmunzelt, wobei sich ihre Grübchen zeigen.

Ich manövriere sie ins Bad und schließe sanft die Tür hinter ihr. »Wenn du wieder rauskommst, gibt's Essen! Lass dir Zeit.« Ich hab mal von Sally gehört, für Frauen gäbe es nichts Besseres als Zeit für sich. Die sei Anne jetzt gegönnt, während ich die Speisekarte, die ich auf dem Sekretär neben dem Telefon finde, unter die Lupe nehme.

Anne lugt aus der Tür heraus und wirkt überrascht. »Und du?« Wenn es funkelnde Augen gibt, dann hat sie die jetzt. Ich mache eine wedelnde Handbewegung Richtung Bad, und Anne schließt die Tür wieder. Kurz darauf hört man das Wasser von der Decke prasseln.

Eine gute Stunde später ist das Essen auf dem Zimmer – ein ganzes Menü inklusive Aperitif, Vorspeise, Hauptspeise und

Nachspeise. Nur Anne lässt sich nicht blicken. Als ich meinte, sie solle sich Zeit lassen, habe ich nicht mit einer ganzen Stunde gerechnet! Der Champagner ist schon kalt gestellt – endlich weiß ich jetzt, wozu solche teuren Tropfen gedacht sind, nämlich für Momente wie diese. Und zum ersten Mal seit Langem habe ich den Eindruck, dass Arbeit sich wirklich lohnt. Wahrscheinlich sollte ich mir öfter »freinehmen«. In den letzten Jahren ist so wenig Zeit geblieben, um das Leben zu genießen. Deshalb liegt mein Handy auch ausgeschaltet und tief vergraben in meinem Rucksack. Ich will keine E-Mails von der Arbeit lesen, nicht mal dran denken. Schon das Wort »E-Mail« scheint mir nach diesem Tag wie eine völlig sinnlose Erfindung. Heute lebe ich von der Luft, die die Bäume spenden, von der Liebe, und … na ja natürlich vom Champagner!

KAPITEL 23

Anne

Nach meiner wohltuenden Dusche tappe ich in einem luxuriös-weichen Bademantel ins Zimmer, während ich den Frottee-Turban auf meinem Kopf auflöse und beginne, meine Haare trocken zu rubbeln.

Das Essen sehe ich bereits im Zimmer stehen, und Jonathan … Jonathan liegt auf dem Bett und ist allem Anschein nach eingeschlafen. Oje, wie lange war ich denn im Bad?

Ich trete an ihn heran, der ausgestreckt und noch halb in Kletterkleidung auf dem Bett liegt. Durch seine geschlossenen Lider sind seine dichten Wimpern noch viel sichtbarer, und den Anblick seines straffen langen Oberkörpers kann ich jetzt endlich mal in Ruhe in mir aufnehmen. Rund um den Bauchnabel sind dunkle Härchen angesiedelt, die sich entlang der Bauchmuskulatur in seiner Hose verlaufen.

Ich lege mich neben ihn und betrachte ihn, strecke meinen Zeigefinger aus und fahre damit über die feinen Härchen, von unten nach oben. Seine Augenlider zucken, aber er wacht nicht auf. Also mache ich etwas, das ich eben schon machen wollte, ich hab mich nur nicht getraut: Ich lege meine Lippen auf seine Brust und küsse sie, lecke an seiner Haut, die salzig schmeckt. Sein Körper beginnt sich zu regen.

In diesem Moment vibriert mein Handy in der Tasche meines Bademantels. Ich hole es heraus.

Alles gut? Bin zu Hause, mach dir keine Sorgen, genieß dein Weekend! Xxx

Julie. Ich hatte ganz vergessen ihr zu schreiben, dass sie mir das noch büßen wird – und jetzt will ich ihr nur noch danken. Aber die soll jetzt erst mal ruhig noch eine Weile in Unwissenheit schmoren! Sich einfach so davonzumachen. Pff!

Während sich Jonathans Arm verschlafen um mich legt, sehe ich, wie Julie »schreibt …«.

Was ist das für eine lange Nachricht? Ich warte … aber nach einer guten Weile erscheint nur Folgendes:

Ach, egal. Sorry! Love u

Meine Freundin ist echt manchmal bescheuert, aber ich liebe sie so.

Was war das denn?, schreib ich.

Nix. Genieß dein weekend!

Hast du grad zu einer Nachricht an mich angesetzt und sie dann wieder gelöscht?

Hast du grad nichts Besseres zu tun, als mir zu schreiben?

Wenn du denkst, ich hätte Besseres zu tun, warum schreibst du mir dann?

Du musst nicht jede Nachricht direkt beantworten, das weißt du schon, oder?

:) Ich vermisse dich aber!

Alles gut bei euch?

Hier überlege ich, bevor ich antworte. Ja, sie soll schmoren! Was meinst du mit euch?

Dich und Jonathan. Alles gut?

Jonathan ist nicht hier.

Verarschst du mich grad?

Wieso sollte ich?

Haha, Anne. Guter Versuch!

Ich warte. Soweit ich meine Freundin kenne, wird sie mich in wenigen Minuten anrufen.

Und ich habe recht.

Der Anruf kommt.

Ich hebe ab: »Hey.«

»Sag mal, wo bist du?«

»Im Hotel.«

»Allein?«

»Ja. Klar. Wieso?«

»Spinnst du? So war das aber nicht gedacht.«

»Wie bist du überhaupt so schnell verschwunden? Du hast mir echt 'nen Schrecken eingejagt, mein Gott …«

»Nee, jetzt echt – ist Jonathan nicht da?«

»Nö.«

Jonathan zieht mich zu sich heran und küsst mich auf die Wange. »Ich bin eigentlich schon da«, flüstert er mir ins Ohr.

»Ach komm.« Julie pausiert, wartet. »Echt jetzt?«

»Wir haben dich stundenlang gesucht, danach ist er nach Hause gefahren.« Ich halte ihm die Hand vor den Mund.

Julie stöhnt auf. »Du brauchst echt 'nen Wink mit dem Zaunpfahl!«

»Ich hab deinen Wink schon verstanden, Julie. Aber wir waren am Ende dieser Suchaktion einfach nicht in der Stimmung. Weißt du, wie viele Sorgen wir uns gemacht haben?«

»O Mann! Hätte ich das gewusst, ich … Anne, das tut mir jetzt echt leid.«

»Sollte es auch.«

Jonathan beißt mir spielerisch in die Hand. »Die Arme«, flüstert er. Ich schüttele den Kopf.

»Ich will ja nur, dass du über Cooper hinwegkommst! Ich meinte es nur gut. Weißt du, Anne, du bist halt manchmal so …«

»So was?«

»So ernst. Ich meine, du heulst doch immer rum, dass du auch mal nur Sex …«

»So, ich muss jetzt«, sage ich laut in dem Versuch, sie schnellstmöglich abzuwürgen. »Ich hab Essen aufs Zimmer bestellt.«

»Was denn?«

Höre ich da Hunger in ihrer Stimme? Ha. »Ich schick dir ein Foto. Damit du mal siehst, was du hier verpasst.«

»Ich könnte ja morgen vorbeikommen.«

»Das sehen wir dann«, antworte ich recht kühl. Ich bin wirklich noch etwas sauer. Die wenigen Schrecksekunden, in denen ich dachte, meiner Freundin sei etwas zugestoßen, waren schlimm genug. »Ich muss jetzt.«

»Love you.«

»Yo …« Pause. »Love you, too«, setze ich dann doch hinterher.

»Soso«, sagt Jonathan, nachdem ich aufgelegt habe. »Einfach mal nur Se …«

Bevor er seinen Satz beenden kann, lege ich ihm erneut die Hand auf den Mund.

»… x«, sagt Jonathan, als ich die Hand wieder lockere. Er schmunzelt.

Ich blicke auf den reich gedeckten Speisewagen. Da kommt mir eine Idee.

Mit gefüllten Tupperdosen und in Bademänteln und Schlappen durchschreiten wir die Lobby so selbstverständlich, wie es eben geht. Den Blick des Rezeptionisten haben wir sicher fest im Rücken, aber schließlich sind wir hier in Kanada – dem Land der Freiheit.

Obwohl es kalt ist, gehen Jonathan und ich erst noch einige Meter am See entlang, auf dem sich silbern das Mondlicht spiegelt. Erst dann kehren wir zum Van zurück, in dem wir es uns im ausgebauten Hinterraum bequem machen. Jonathan wärmt das Essen in zwei kleinen Kochtöpfen auf dem Miniherd auf. Die Champagnerflasche, die aus meiner üppigen Bademanteltasche herausguckt, öffne ich mit einem solchen Knall, dass der Korken quer durch den Van fliegt.

Ich ziehe den Tisch aus und decke ihn mit kleinem Campinggeschirr aus Stahl ein. Den Champagner gieße ich in Tassen, Gläser suche ich vergeblich.

»Auf …« Jonathan hält seine Campingtasse in die Luft.

»Auf die heutige Aktion!«, schlage ich vor. Wir stoßen an, aber Jonathans Glas stößt nur zögerlich gegen meins.

»Was ist?«, frage ich. Jonathan sitzt direkt neben mir, auf der Bank. Ich suche Kontakt zu seinen Augen, aber sie fliehen meinen Blick, indem sie sich auf den See richten, den wir durch die hinteren Fenster des Vans halb im Blick haben.

Eine Weile schweigen wir, nippen nur immer wieder an unseren Tassen. Ich küsse ihn auf die Wange.

Aber anstatt zu antworten oder irgendwie zu reagieren, macht Jonathan sein Handy an, startet eine Playlist mit Gitarrensoli, die sich stark nach Flamenco anhören, und richtet anschließend das Essen an, das durch das Erwärmen in den Kochtöpfen zu einem schwer definierbaren Potpourri geworden ist, das – stelle ich mit einem ersten Bissen fest – aber ausgezeichnet schmeckt.

»Weißt du, ein Teil von mir hat sich heute gewünscht, dass alles so richtig schiefläuft, dass …« Er stockt. Legt die Stirn kraus. »… dass ich vielleicht einen Eintrag ins Polizeiregister bekomme, es keinen Weg mehr zurück gibt für mich, in meine Arbeit, meine ich. So ein Eintrag ins Polizeiregister, das kann einen den nächsten Job kosten. Viele Anwaltsfirmen führen ein Screening durch, bevor sie dich einstellen …«

Ich halte inne, sage nichts. Lasse ihn reden.

»Ich hab mir den ganzen Tag vorgestellt, wie das wäre …« Das Weiß seiner Augen scheint plötzlich mit dem Weiß des Bademantels um die Wette zu strahlen. »Was, hab ich mich gefragt, würde ich stattdessen tun? Mir sind so viele Dinge eingefallen, und die Lust darauf hat mich erschreckt.« Er lächelt traurig.

»Und was hält dich davon ab?« Die Frage kommt mir direkter über die Lippen, als beabsichtigt. Aber es ist genau die Frage, die mir Bonnie mal gestellt hat, als ich ihr gegenüber über meine Arbeit geschimpft und dann von meinem Traum erzählt habe, mich mit Julie selbstständig zu machen.

Jonathan sieht mich an, und ich spüre, dass ich mit meiner Frage einen wunden Punkt getroffen habe. »Ich hab jahrelang darauf hingearbeitet, einen großen Fall in meiner Kanzlei übernehmen zu dürfen. Und an diesem Fall arbeite ich gerade.« Er schluckt und stochert in seinem unberührten Teller herum. Das Sprechen scheint ihm schwerzufallen. »Und … wenn ich das gut hinbekomme, werde ich befördert und … ich hab halt noch Studienschulden abzubezahlen. Die Beförderung wäre wirklich gut. Auch insgesamt. Für meinen Lebenslauf. Und …«

»Deine Eltern?«, frage ich vorsichtig nach.

Er schüttelt den Kopf. »Mein Vater ist schon lange weg. Klar, meine Mutter wollte immer, dass ich weiterkomme als sie. Sie wollte immer Medizin studieren, aber das war zu teuer. Jetzt ist sie Pflegerin. Von daher … Es war schon immer klar, dass ich es zu etwas zu bringen habe.« Er blinzelt, zieht die Augenbrauen zusammen und sieht mich durchdringend an.

»Und du hast es erst zu etwas gebracht, wenn du erfolgreicher Anwalt bist?«

»So ungefähr, ja. Wobei ich mich in letzter Zeit schon frage, ob dieses Ziel nicht etwas … etwas … sinnlos ist.«

Ich nehme seine Hand. Jonathan hat schöne Hände. Stark und doch feingliedrig. Er beugt sich zu einem Kuss vor, aber ich küsse ihn nur ganz rasch und drücke ihn dann sanft weg. Mir gefällt das Gespräch. Ich möchte gerne mehr erfahren, auch wenn ich die Lust in mir aufkommen spüre, ihm den Bademantel auszuziehen.

»Inwiefern?«, frage ich.

»Na ja, zunächst einmal: Der Fall an sich ist etwas …« Er sieht mich wieder so an wie eben. Ich kann den Blick nicht deuten. »… schwierig. Nicht alles daran läuft so ab, wie es … sollte, oder vielleicht, sagen wir mal, der Mandant ist nicht ganz unproblematisch. Für mich.« Er wartet auf eine Reaktion von mir. Für einen Moment habe ich den Eindruck, dass da noch was kommt, eine Erklärung, aber als ich ihn nur fragend ansehe, fährt er fort: »Davon abgesehen, selbst wenn ich den Fall gut löse und in der Kanzlei aufsteige, ist es fast schon klar, dass ich es nie bis ganz nach oben schaffen werde.«

»Wieso?«

»Na ja, schau dir mal die Partner in den Großkanzleien an: alles weiße, alte Männer. Jemand wie ich, oder auch eine Frau, haben da kaum Chancen. Meiner Erfahrung nach stellen Leute immer nur Leute ihresgleichen ein. In meiner Kanzlei jedenfalls ist von zwanzig Partnern nur einer eine Frau, und alle sind weiß.«

»Oje. Aber willst du denn überhaupt in eine dieser Kanzleien?«

Er kaut auf seiner Lippe herum. »Nicht unbedingt. Aber es geht ums Prinzip. Ich frag mich natürlich, was als Nächstes kommt, und wenn der nächste Karriereschritt der letztmögliche ist, während andere immer weiterkommen, zieht mich das einfach runter. Meine Mutter ist nicht nach Kanada emigriert, damit ihr Sohn in dieser Art von Atmosphäre lebt. Verstehst du, sie hat viel dafür aufgegeben, dass es mir besser geht als ihr. Aber jetzt hab ich den Eindruck …«

»Den Eindruck …?«

Er scheint den Gedanken, während er ihn ausspricht, gerade erst zu denken: »… so viel besser geht es mir gar nicht.«

Ich warte, um zu sehen, ob er ausgesprochen hat. Außerdem muss ich das alles erst mal verarbeiten. Jonathan tut mir leid. Dass er so unter Druck steht, habe ich nicht gewusst.

»Julie …«, setze ich vorsichtig zum Reden an.

»Julie trifft es sicher noch härter als mich, ich weiß. Wie es als Schwarze Frau sein muss, kann ich mir nur vorstellen.«

»Stimmt vielleicht, aber das wollte ich gar nicht sagen.« Ich verschränke meine Hand in seiner. »Julie ist wütend. Sie geht auf die Straße, ist politisch aktiv. Sie sagt, es ist die einzige Art, mit dieser Ungerechtigkeit umzugehen. Eine Art Ventil. So allein im Privaten ist das ja kaum auszuhalten.«

»Was meinst du mit ›im Privaten‹?«

»Na ja, du allein, in deinem Leben. Denn was bleibt dir letztlich übrig? Diese weißen alten Herren da in den Großkanzleien werden sich nicht über Nacht ändern. Da kann es noch so viele #MeToo- und #BlackLivesMatter-Bewegungen geben. Manche Strukturen verändern sich einfach nicht so schnell. Aber je größer der gesellschaftliche Druck wird, desto mehr müssen sich auch die Herren da bewegen. Bist du Teil einer Bewegung?«

»Ja.« Jonathan lächelt breit. »Rettet die Butternussbäume!«

Ich lache. »Das meine ich nicht. Ich meine eine Bewegung gegen Rassismus, so was.«

Jonathan schüttelt den Kopf.

»Soll ich dich und Julie mal vernetzen? Ich glaube, ihr solltet euch mal unterhalten …«

»Genug unterhalten«, sagt Jonathan und zieht an meinem Bademantelgürtel.

Was als Nächstes kommt, bleibt zwischen Jonathan und mir. Nur eins: Das Essen wird wieder kalt.

Am nächsten Morgen werde ich von der Sonne geweckt. Ich liege, von unseren beiden Bademänteln bedeckt, fest eingekuschelt in Jonathans Armen. Bis auf meine Füße und meinen Kopf, die herausgucken, ist mir erstaunlich warm. Der Van ist unbeheizt, und als ich Jonathans nackten Körper zu streicheln beginne, wird mir bewusst, wie kalt es hier drinnen eigentlich ist. Ich ziehe einen der Bademänteln von mir und lege ihn auf ihn, küsse mich an seinem Hals fest und nehme seinen Duft wahr, der mich nur noch gieriger nach ihm macht. Ich kann kaum glauben, was passiert ist. Das alles fühlt sich so unwirklich an. Zum Glück gibt es meine vom harten Vanboden schmerzenden Glieder, die mir versichern, dass das hier real ist.

Wie viel Uhr ist es eigentlich?

Sprunghaft setzt bei dieser Frage auch das schlechte Gewissen ein. Ich habe gestern keine Mails mehr gecheckt. Vielleicht hat sich ja Julie noch um das Gröbste gekümmert, aber ich sollte wohl besser kurz nachsehen.

Ich taste die identischen Bademäntel nach meinem Handy ab, finde es letztlich aber neben dem Herd. Als ich es an mich nehme, realisiere ich, dass es nicht meins ist; es hat keine Hülle und liegt viel leichter in der Hand. Nur kurz streift mein Blick den Screen, aber das reicht bereits, um mich stutzig zu machen. Mehrere ungelesene E-Mails mit dem Betreff »Menasto-Nachbesprechung« lassen mir das Herz in die Hose rutschen. E-Mails, die, wie ich mit einem Klick erkenne, an eine Adresse gesendet wurden, die so gar nicht nach kleiner No-name-Kanzlei klingt. Ungläubig starre ich auf den Bildschirm, und dann auf den schlafenden Fremden auf dem Boden.

KAPITEL 24
Anne

Fünf Monate später

Der Schnee fegt unaufhörlich an unserem Bürofenster vorüber. Es ist Anfang März, die Ahornsirupernte hat begonnen. Das Zeitfenster ist klein, nur sechs Wochen insgesamt. Um den Erntebeginn zu feiern, richten Bonnie, Maxime, Julie und ich eine Sugaring-off-Party auf der Farm aus. Seit Wochen liegen die Flyer als Einladung auch hier im Café aus, in dessen Special-Event-Raum im ersten Stock, der selten gebucht wird, Julie und ich manchmal arbeiten.

Der Verkauf des Ahornsirups läuft okay, aber nicht so gut wie erhofft. Viel besser verkaufen sich Maximes Coffee-Maple-Sirup zum Süßen von Kaffee sowie seine Coffee-Maple-Muffins – dunkle fluffige Muffins, die in der Mitte mit einer flüssigen Kaffee-Ahornsirup-Crème gefüllt sind. Die beiden Produkte stellt Maxime schon lange her, aber durch Julies und mein Marketing sind sie nun schon in rund zehn Cafés in Toronto erhältlich, während der klassische Ahornsirup nur in diesem Café steht. Manchmal kommt eben alles anders als gedacht. Man muss, sagt Bonnie, flexibel bleiben, wenn man gute Geschäfte machen will.

Die Hauptarbeit von Julie und mir ist mittlerweile das Marketing. Bonnie hat unsere Buchhaltung übernommen – überhaupt arbeiten wir jetzt noch enger zusammen als zuvor.

Die Sugaring-off-Party war Julies Idee: eigentlich eine klassische Feier zum Einläuten der Ernte, die wir jetzt größer auffahren, um Werbung zu machen.

»Bitte sehr«, sagt Julie, als sie sich mit zwei Flat Whites in der Hand zurück an den Schreibtisch setzt. Sie schiebt mir meinen Kaffee zu. In die Milch ist erkennbar ein Ahornblatt gezeichnet. Die Baristas hier werden immer besser darin, es nicht aussehen zu lassen wie eine Hand. Julie hat das auch schon bemerkt; jetzt zückt sie ihr gigantisches neues Handy, um ein Foto davon zu schießen, das sie nach einer kurzen Bearbeitung mit einem Klick bei Instagram hochlädt.

»Nur 35 Zusagen. Aber 246 sind interessiert«, resümiert Julie den Social-Media-Stand der Antworten auf die Einladung zur Party.

»Wie soll man so eigentlich planen können?«, murmele ich nebenbei, während ich einen offenen Artikel über eine Frau zu Ende lese, die allein mit dem Segelboot einmal um die Welt gereist ist.

»Laut Reddit muss man mit circa dreißig Prozent der Eingeladenen rechnen, wenn die nicht gerade enge Bekanntschaften sind«, sagt Julie. »O krass!«

Ich löffle den Schaum meines Flat Whites in den Mund und höre nur halb, was Julie vor sich hinredet. Das Interview mit der Seglerin hat mich so in den Bann gezogen, dass ich für den Moment auch die eintreffenden Mails der Werbeagentur ignoriere, die wir damit beauftragt haben, einen kurzen Social-Media-Clip für uns zu drehen.

»... ich hoffe, du bist nicht sauer auf mich. Ich dachte halt, die Sache ist schon länger her, vielleicht seid ihr ja cool miteinander …«

»Sicher, klar«, sage ich. Neben Julie zu arbeiten, ist manchmal anstrengend. Sie plaudert alles aus, was ihr gerade durch den Kopf geht.

Gegen den Widerstand ihrer Eltern brach die damals Vierzehnjährige zu ihrer Weltumsegelung auf … Ich denke nach. Könnte ich nicht auch einen Segelschein machen? Ich wollte schon immer mal auf einem Boot urlauben … Vielleicht sollte ich mal mit Julie über Urlaub reden, ich hab seit anderthalb Jahren keinen mehr genommen, außer einen Tag, an Neujahr.

Sie knutscht mich auf die Wange. »Danke«, sagt sie.

Verblüfft löse ich meinen Blick vom Bildschirm und sehe sie an. »Wofür?«

Meine Freundin hat sich heute in Schale geschmissen: Pinke Lippen, türkisfarbene Kreolen und ein schwarzer Samt-Jumpsuit. Bei den aktuellen Minusgraden draußen packe ich immer nur meine dicken Pullover in klassischen Farben aus und verliere die Lust auf modische Experimente, aber wenn man Julie so ansieht, könnte man 365 Tage im Jahr meinen, am Abend steige noch eine Party. Sie geht heute mit Vincenzo ins Kino, erinnere ich mich. Die beiden sind zwar kein Paar, unternehmen mittlerweile aber immer häufiger auch außerhalb des Bettes was miteinander. Also seit Vincenzo von seinen mehrmaligen »Geschäftsreisen« zurück ist. Ich glaube ja noch immer, dass er heimlich in Julie verliebt ist … aber vielleicht bin ich da auch voreingenommen, schließlich gibt es für mich keine coolere Frau als sie.

»Na ja, ich hab damit gerechnet, dass du sauer auf mich bist«, sagt sie.

Was? »Wieso?« Ich hab eben wohl nicht zugehört.

Julie streicht sich eine Locke aus der Stirn. »Seid ihr wieder in Kontakt?«

»Seit Weihnachten nichts mehr gehört, wieso?«

»Ich meine nicht Cooper.«

»Wovon redest du dann?«

»Von den Gästen, Anne.«

»Um die kümmerst du dich doch.«

»Anne«, sagt Julie mit Nachdruck. »Ich hab Jonathan eingeladen.«

Pause. Keine von uns sagt etwas, aber ich kann Julie das schlechte Gewissen am Gesicht ablesen.

»Aus Versehen«, setzt sie nach. »Seine Mailadresse war noch in unserem Muskoka-Verteiler. Ich hatte das total vergessen. Jetzt hab ich grad bei Facebook gesehen, dass eine Freundin von ihm zugesagt hat, und er ist ›interessiert‹. Ich dachte also, ich warne dich besser vor.«

Etwas in mir versteinert sich gerade wie heiße Lava. Sofort kommt alles wieder hoch. Meine Nacht mit ihm. Unser Streit am nächsten Morgen, bei dem er mir offenbart hat, nicht der Mensch zu sein, als der er sich ausgegeben hat.

Den Schmerz habe ich wohl irgendwo in einem alten Karton meiner Seele vergraben. Vergessen, dass es ihn gibt – den Schmerz, den Karton, Jonathan, einfach alles, was war.

»Bitte sag was«, höre ich meine Freundin neben mir. »Anne …«

Ich wende mich auf dem Bürosessel zu ihr um. »Ich hab

dir tausendmal gesagt, ich will nicht mehr drüber reden«, entfährt es mir, heftiger als beabsichtigt. »Ich hab dir tausendmal gesagt, ich will ihn nicht sehen. Unter keinen Umständen. Julie, du, du …« Ich bin so sauer. Da hilft es auch nicht, dass Julie die Tränen in die Augen steigen. Soll sie ruhig weinen, ich werd's nicht mehr tun. Nicht wegen Jonathan. Nicht wegen eines Streits, den es ohne ihn so nie gegeben hätte.

»Dann schreib ich ihm jetzt«, sagt Julie hastig und scheint tatsächlich dazu anzusetzen.

»Julie, lass das.«

»Sag mir, was ich tun kann, um's wiedergutzumachen …«

»Es gibt nichts wiedergutzumachen. Schon wenn ich seinen Namen höre …« Ich stehe auf und weiß einen Moment lang nicht, wohin mit mir. Draußen fegt ein von starken Windböen getragener Schnee über die menschenleeren Straßen. Die Zeit sieht aus, als stünde sie still, aber in mir dreht sich alles … zurück. In den Herbst, in Jonathans Van, in seine Arme.

»Ich muss hier raus«, sage ich, packe meine Sachen zusammen und wende mich der Tür zu, aber Julie hält mich auf, umarmt mich stürmisch von hinten und hält mich fest.

»Ich halte das nicht aus, wenn du sauer auf mich bist«, sagt sie.

Ich befreie mich aus ihrer Umklammerung. »Damit musst du jetzt leben.« Ich drehe mich zu ihr um.

»Anne, das war ein Versehen, verdammt!«

»Du klingst schon wie Jonathan.« Ich schnaube. »Schreibt ihr euch eigentlich noch?«, setze ich schnippisch hinterher.

»Jetzt setz dich bitte mal.« Julie lotst mich zurück auf den Bürostuhl und setzt sich mir gegenüber.

»Musst du nicht langsam mal zu deinem Date?« Ich blicke demonstrativ auf die Wanduhr.

Julie folgt meinem Blick. »Ja, ich muss gleich los ... aber Anne, lass uns das bitte jetzt klären.«

»Was gibt's da noch zu klären?« Ich sehe sie herausfordernd an.

Sie ringt nach Worten und findet sie schließlich: »Erstens« – sie hebt ihren Daumen hoch –, »vergiss nicht, dass wir Menasto auch Dank Jonathan losgeworden sind. Hätte er mich nicht darauf gebracht, dass die Messgeräte möglicherweise entdeckt und verschoben wurden, würden wir jetzt immer noch im Dunkeln tappen. Und hätten vielleicht auch nicht so viele Unterstützer für die Petition erhalten. Zweitens ...« Sie hebt ihren Zeigefinger, doch ehe sie weitersprechen kann, platzt mir der Kragen.

»Jetzt reicht's aber echt! An der Petitionsaktion haben Bonnie und die anderen wochenlang gearbeitet, *wochenlang*! Und *wir* sind es gewesen, die die Bäume besetzt und die Gegend hier für Menasto und alle anderen, die dachten, man könnte dort einfach so investieren, unsicher gemacht haben. Ohne uns hätte Jonathan nicht mal einen Fuß nach Muskoka gesetzt, nicht einen Fuß! Und dass die Messgeräte manipuliert waren, darauf war ich auch schon gekommen, dafür muss man kein Genie sein, ich hab das schon vor Jonathan gedacht.«

»Gedacht, aber nicht gesagt.«

»Ja, und? Jonathans Mail an dich war kein Kunststück. Der

saß in seinem bequemen Bürosessel an der King Street und hat zwischen ein paar ekligen Deals ’ne Mail an dich verschickt. So what?«

Julie schüttelt resigniert den Kopf. »Genau das ist das Problem mit dir.«

Ich will gehen, und eigentlich ist es mir auch egal, was Julie über mich denkt. Trotzdem frage ich: »Was?«

»Du bist so auf dich fokussiert. Das tut der Sache einfach nicht gut. Ob jetzt du oder Jonathan zuerst darauf kam, ist doch ganz egal. Der Punkt ist der: Menasto hat sich aus allen Kaufverträgen zurückgezogen, Muskoka ist denen zu unsicher. Dank dir, dank Bonnie, dank uns. Aber eben auch dank Jonathan. Der saß übrigens mit auf den Bäumen, wenn ich dich erinnern darf.«

»Ach, dass unsere Protestaktion gegen den Freizeitpark so weit führen würde, hat doch damals wirklich niemand absehen können. Hätte Jonathan das gewusst, wäre der nie und nimmer mitgekommen, das garantier ich dir. Der hätte die Finger von alldem gelassen. Die Leidenschaft für die Natur von so Menschen wie Jonathan reicht doch nur bis zur Grenze ihrer Bequemlichkeit. Und nee, mit auf den Bäumen saß er eben nicht. Dafür waren seine dünnen Anwaltsärmchen zu kraftlos, schon vergessen?!« Ich habe das dringende Bedürfnis, nach Hause zu gehen und zu duschen. Den Streit und meine Worte von mir zu waschen und den Abfluss hinunterzuspülen. Julies und meine Blicke treffen sich. »Warum setzt du dich eigentlich so für ihn ein, hm? Hat er seinen Anwaltsbonus an deine Aktion gegen Rassismus gespendet, oder wieso bist du ihm plötzlich so wohlgesonnen?«

Julies Augen verengen sich. Wenn eben noch Tränen darin zu schwimmen schienen, sind die jetzt weg. »Du bist ein richtiges Arschloch, Anne«, sagt sie. Leise. Sie schreit es nicht, was mir lieber gewesen wäre.

Ich halte ihrem Blick stand. Ein Kloß bildet sich in meinem Hals. Ich öffne den Mund.

»Spar dir deine Worte«, fährt Julie mich barsch an, und ehe ich sie aufhalten kann, hat sie schon zusammengepackt und ist gegangen.

Draußen fegt der Schnee stetig wie zuvor am Fenster vorbei, aber vielleicht auch ins Fenster herein und schneit mich zu.

Ich steh hier schon eine gefühlte Stunde. Es ist Sonntag, später Nachmittag. Die Scheibenwischer meines Autos führen mir vor, dass die Zeit verstreicht, auch wenn die zugeschneite Landschaft vor mir stillzustehen scheint.

Der zugefrorene See sieht aus, als hätte ihn jemand mit Glasur bedeckt und anschließend Puderzucker darauf verstreut. Die Lichter des Hotels glimmen in einem warmen, einladenden Orange durch die grauweiße Luft. Die schwer beladenen Tannen wirken wie dahingestellt – idyllisch, fast unecht.

Ich parke, eise mich von meinem Sitz los und stapfe auf das Hotel zu. Die Rezeption reagiert zuvorkommend und freundlich auf meine Frage, ob die eine Übernachtung, die Jonathan und ich damals nicht mehr eingelöst haben, noch gutgeschrieben ist.

Mit dem neuen Gutschein in der Hand steige ich zurück

ins Auto, starte den Motor und fahre mit einer erdrückend aktualisierten Erinnerung an Jonathan und meinen Streit Richtung Sugarbush Hill.

Die Party dort ist immer noch in vollem Gange – Gäste laufen zwischen Farm- und Zuckerhaus hin und her oder stehen in Grüppchen draußen an den Heizstrahlern und unterhalten sich mit Kuchen, Getränken und Ahornsirup-Toffee in der Hand.

Und ich? Ich fühle mich plötzlich elend. Bei jedem schwarzen Haarschopf denke ich, es könnte Jonathans sein. Und die Aussicht, Julie wieder unter die Augen zu treten, macht es auch nicht besser. Im Kopf gehe ich meine Entschuldigung wieder und wieder durch, und mit jeder Wiederholung erscheint sie mir ungenügender.

Ich stelle den Wagen ab, steige aus, und gemeinsam mit meinen Stiefeln im Schnee sinkt auch mein Herz ein paar Zentimeter tiefer.

Bonnies und Maximes Grundstück ist riesig und erstreckt sich weit über das kleine Stück Waldeingang zwischen Haupthaus, Zuckerhütte und Patisserie hinaus. Jedes Jahr werden andere Bäume angezapft, um die Rinde zu schonen. Von hier sieht man all die Schläuche zusammenlaufen, die den Saft in die Hütte und damit in die Verdampfungsanlage tragen. Die Ernte hat vor einer Woche begonnen; Minusgrade am Abend und Plusgrade am Tag haben den nährstoffhaltigen Saft in den Wurzeln der Bäume nach oben getrieben, wo sie die Äste und Blätter versorgen.

Da ich Julie, Bonnie und Maxime weder draußen noch im Haupthaus am Buffet oder in der Küche gefunden habe, vermute ich sie alle drei in der Zuckerhütte. Dort finde ich sie tatsächlich, umringt von Freunden, Nachbarn und anderen Gästen. Maxime erklärt den neu Eingetroffenen gerade den Verdampfungsprozess: Durch Erhitzung wird aus dem Rohsaft Sirup gewonnen, der anschließend gefiltert und abgefüllt wird. Der ganze Raum riecht nach der flüssig-goldenen Zuckermasse.

Bonnie, die unweit von Maxime steht, lächelt zu mir herüber, winkt und wird gleich wieder in eine Frage aus der Menge verwickelt.

Ich scanne den Raum. Jonathan ist nicht hier, stelle ich mit gemischten Gefühlen fest. Aber Julie. Sie bahnt sich mit einem dampfenden Kochtopf einen Weg durch die Menge Richtung Ausgang, wobei sie unweigerlich an mir vorbeikommen wird.

»Achtung heiß«, wiederholt sie, den Blick fest auf den Topf gerichtet.

Als sie schließlich vor mir steht, öffne ich ihr die Tür ein Stück weit, bleibe aber in der Spalte stehen. Die schneidende Kälte dringt sofort in den warmen Raum, und schon nach wenigen Sekunden wenden ein paar Umstehende ihre Köpfe Richtung Tür.

»Ich muss da durch«, sagt Julie und sieht mich an, als wäre ich nur ein störendes Objekt, das ihr im Weg steht.

Ich trete zur Seite, eile ihr aber hinterher, als sie durch die Tür nach draußen tritt.

»Können wir reden?«

»Jetzt?«

Eine Weile stapfen wir wortlos durch den Schnee. Ich folge

ihr in den Garten hinter dem Haupthaus, wo ein paar Gäste um ein Feuer herumstehen. Ein Mann kommt uns entgegen und nimmt Julie den Kochtopf ab. Vincenzo. Ich habe ihn seit Jahren nicht gesehen, nur auf Fotos. Er grüßt mich mit einem freundlichen »Hi, Anne.« An der Art, wie er zwischen mir und Julie kurz hin und her sieht, meine ich zu erkennen, dass er in unseren Streit eingeweiht ist.

Als er geht, folge ich ihm mit meinem Blick und sehe zu, wie er den heißen Ahornsirup mit einer Kelle in einen Bottich voll Schnee schüttet und sich daraus Toffee bildet, den er wie Eis am Stiel mit kleinen Holzstäbchen unter den Wartenden verteilt.

Der Sugar on Snow wäre eigentlich meine Aufgabe gewesen – wenn ich pünktlich gekommen wäre. Dass Vincenzo diese Aufgabe übernehmen würde, darauf wäre ich allerdings im Traum nicht gekommen. Umso besser.

»Hier«, sage ich und ziehe den Gutschein aus meiner Manteltasche. »Falls ihr zwei mal 'ne Auszeit braucht.« Ich halte Julie den Umschlag hin, aber sie stößt erst mal nur einen bitteren Lacher aus und schaut demonstrativ gelangweilt hinein. Dann allerdings ist der Umschlag so schnell in ihrer Manteltasche verschwunden, dass man meinen könnte, es hätte ihn gar nicht gegeben.

Ich halte diese Stimmung zwischen Julie und mir nicht länger aus. »Ich war ein Arschloch, und es tut mir unendlich leid«, sage ich schlicht. Eigentlich wollte ich etwas anderes sagen, meine Entschuldigung war viel ausufernder, aber plötzlich erscheint mir dieser kurze, wahre Satz angemessen. Erst als sie nichts entgegnet, setze ich nach:

»Es geht aber nicht nur um unseren Streit. Ich weiß, dass es generell in letzter Zeit nicht … so einfach mit mir war.«

Julie hebt die Augenbrauen und besieht mich mit einem Blick, als wolle sie sagen: Es war sogar super ätzend.

»Kann sein, dass ich etwas enttäuscht bin, weil unser Geschäft nicht so angelaufen ist, wie gedacht. Aber ich bin immer noch mit Herzblut dabei und hoffe, dass du immer noch Lust hast, mit mir zusammenzuarbeiten.«

»Lust? Mit wem soll ich denn sonst zusammenarbeiten?«

Ihre Worte treffen mich.

»Du verstehst schon, dass ich gerade eben erst meine Kündigung bei FarmersCon eingereicht habe«, fährt sie fort. »Ich kann jetzt nicht mehr zurück, Anne. Dementsprechend belastend sind deine Launen für mich. Es wäre echt cool, wenn du das in den Griff bekommen könntest.« Sie reibt ihre behandschuhten Hände aneinander und bläst sich in die Handflächen, um sie zu wärmen.

Ich fühle mich immer noch wie angefroren. Nicht wegen der Kälte.

In diesem Moment nehme ich mir vor, etwas zu ändern. Alles dafür zu geben, dass das, was Julie und ich uns aufgebaut haben, weiter wächst, besser wird. Nicht nur das Geschäft. Auch unsere Freundschaft.

»Verzeihst du mir?«, frage ich vorsichtig. »Was ich letztens gesagt habe, meinte ich nicht so. Natürlich hast du recht. Natürlich hat Jonathan mitgeholfen, aber ich will einfach nicht mehr über ihn reden.«

»Tust du aber, schon gemerkt?«, bemerkt sie schroff.

Schneeflocken glitzern in ihren Locken, die aus dem Wintercap herausgucken.

»Du hast ihn wieder ins Spiel gebracht, nicht ich«, entgegne ich trotzig. Dabei weiß ich natürlich, dass es eigentlich egal ist. Dass Jonathan ohnehin ständig in meinem Kopf herumspukt.

»Wie gesagt: Es tut mir leid«, sagt Julie.

Leise senken sich immer mehr Flöckchen vom Himmel herab. Ich stapfe unspezifische Formierungen in den unbetretenen Schnee vor mir, während sich das Schweigen zwischen uns ausbreitet und so etwas wie Frieden herstellt.

»Sind wir jetzt quitt?«, frage ich schließlich und wage es, mit einem leichten Lächeln zu ihr rüberzuschauen.

Sie legt den Mund schief. »Nicht ganz …«

Sie holt den Umschlag wieder hervor – oder nein, als sie ihn mir reicht, erkenne ich, dass es ein anderer Umschlag ist. Ein Brief.

»Hast du mir ernsthaft einen Brief geschrieben?«, frage ich.

Julies Lachen produziert Atemwolken in der Luft. »Quatsch. Ich und Briefe? Wir leben im 21. Jahrhundert. Wozu gibt es E-Mails? Nee. Den hat mir Devon gegeben. Vor ein paar Monaten schon, bei unserem Silvestertreffen.«

»Welches Silvestertreffen?«

»Brunch vom Muskoka-Stammtisch. Da warst du noch bei deinen Eltern, hast du verpasst.«

»Ach so. Und wer ist noch mal Devon?«

»Die Journalistin«, sagt Julie, als würde das etwas erklären, und fügt dann hinzu: »Von den *Muskoka Region News*.«

»Hm, okay.«

Ich will den Brief schon in meine Manteltasche schieben, als Julie sagt: »Der Brief kommt von Jonathan.«

Flammende Wut lodert in mir auf, macht dann aber Resignation Platz. »Wie kommt Devon an einen Brief von Jonathan?«, frage ich, auch wenn ich mir nicht sicher bin, ob ich die Antwort überhaupt wissen will.

Ich ziehe meine Handschuhe aus, greife mit meinen kalten Fingern in den Umschlag und befördere eine gefaltete und wie sich herausstellt recht krakelig und schräg beschriebene Blankoseite hervor.

»Jonathan hat seinen Job gekündigt und fährt gerade mit einem Elektrovan quer durchs Land. Er schreibt jetzt eine Kolumne für die *Region News*. Über Bäume oder so – hat Devon mir eben erzählt«, fügt Julie eilig hinzu.

Doch ich vernehme Julies Worte nur wie durch eine Glasscheibe. Längst bin ich in den Brief abgetaucht.

Toronto, 26. Dezember

Anne,

was zwischen uns vorgefallen ist, tut mir unendlich leid. In den letzten Wochen ist kein Tag vergangen, an dem ich nicht an dich gedacht habe, und daran, dass ich gerne die Zeit zurückdrehen und alles anders machen würde.

Ich möchte, dass du weißt, dass du es nicht verdient hast, so behandelt zu werden.

Ich wollte es dir sagen, aber ich wusste nicht, wie und wann, und dann war es zu spät. Bitte glaub mir, dass es mir mit jeder Stunde, mit der ich dich besser kannte, schwerer gefallen ist, dir nicht die Wahrheit zu sagen. Ich habe mich so oft gefragt, wieso ich's nicht getan habe, und habe auch immer noch keine klare Antwort darauf, aber ich glaube, diese Sache zwischen uns hat mich einfach überrumpelt. Es hat alles spaßig angefangen, aber plötzlich war da so viel mehr. So etwas ist mir bisher noch nie passiert, und vielleicht wusste ich nicht – und weiß auch jetzt nicht so richtig –, was ich eigentlich will. Wenn man sich selbst etwas vormacht, neigt man vielleicht auch dazu, anderen was vorzumachen – keine Ahnung. Aber eins weiß ich: Erst der Kontakt zu dir hat mir richtig bewusst gemacht, dass das Leben ohne Fake viel schöner ist. (Sorry für den langen Brief! Hättest du mal abgehoben, hätte ich es dir am Telefon sagen können, dann wäre es schneller gegangen;))

Das ist natürlich nur eine Erklärung, oder der Versuch einer Erklärung. Und auch wenn es mir wirklich unendlich leidtut, und ich mich unbedingt bei dir entschuldigen möchte, weiß ich, dass ich dein Vertrauen missbraucht habe. Ich hoffe, dass du mir eines Tages vergeben kannst. Und dass wir uns irgendwann wiedersehen. Und vielleicht noch einmal von vorne anfangen können?

Anbei findest du ein Zugticket nach Vancouver, das du jederzeit einlösen kannst (am besten im Frühling, weil ich dann in Alberta bin, um ein paar Biegsame Kiefern und andere Bäume zu sichten :)). Meine Nummer ist noch dieselbe. Schreib mir, falls du kommst, ich hole dich dann ab.

Fühl dich in jedem Fall umarmt und (luft-)geküsst, wie du willst … :)

Jonathan

PS: Anbei ein Foto von der neuen Innenausstattung meines Vans. Alles selbst eingebaut!

An den Brief ist ein Zugticket geheftet. Ich spähe in das Innere des Umschlags und entdecke dort außerdem ein Foto. Es zeigt die geöffnete Hintertür eines schwarzen, glänzenden Vans. Das Holz ist dunkel. Elegante Karre, kann man auf jeden Fall sagen.

»Und?«, fragt Julie, die mir neugierig über die Schulter späht.

»Warum enden eigentlich alle Ex-Freunde und -Geliebte in Vancouver?«, sage ich.

»Ist er in Vancouver?«

»Noch nicht, aber bald.«

»Na ja, er reist, oder?«

»Ja …«

Julie grinst. »Was schreibt er denn?«

Mein Herz hüpft. Eine Leichtigkeit wie schon seit Monaten nicht mehr erhebt mich, als hätte ich einen Heißluftballon verschluckt. Aber mein Stolz verpasst dem einen Dämpfer. »Wie kommt Jonathan darauf, dass ich ihm nach alldem noch hinterherreisen werde?«

»Wohin denn? Darf ich mal lesen?«

Ich reiche Julie den Brief. Mit klopfendem Herzen entferne ich mich ein paar Schritte und lasse mir von Vincenzo zwei Toffees am Stil geben.

»Krass«, sagt Julie, faltet am Toffee lutschend den Brief zusammen und fordert dann das Foto, das ich noch in der Hand halte.

Jetzt erst merke ich, wie klamm meine Finger sind, und ziehe mir meine Handschuhe über.

Erst als ich Julie dabei beobachte, wie sie das Foto unter die

Lupe nimmt, sehe ich, dass auf der Rückseite noch etwas steht:

Leer ohne dich!

Ich starre auf den krakeligen Satz, und schließlich auf das lodernde Feuer – einige Meter entfernt, und doch zum Greifen nah.

ENDE